BÉÉBUSCH

ENTRE DOS MUNDOS

bëëbusch

Entre dos mundos

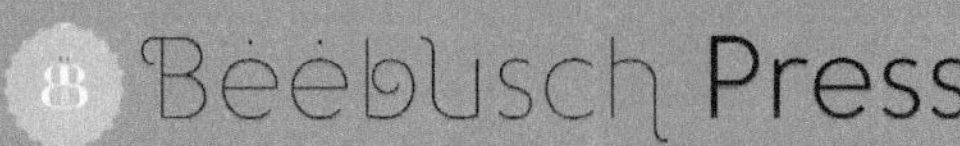

Beatriz DeIrisarri

BEATRIZ EUGENIA BUENDIA SCHLENKER

Bëëbusch Press

A MIS HIJOS MARÍA PAZ (EL HADA)
A SALVADOR (EL DUENDE)
Y AL DUENDE CON COLA DE LEÓN.

CONTENIDO

EL NOMBRE Y EL CONTENIDO DE CADA UNO DE LOS CAPÍTULOS DE ESTE LIBRO ESTÁN INSPIRADOS EN REFRANES POPULARES LATINOAMERICANOS. UNA FORMA DE MANTENER VIVA LA MEMORIA COLECTIVA, TRANSMITIDA SABIAMENTE DE GENERACIÓN EN GENERACIÓN.

¿Qué es la vida si no un cuento de hadas?
Con la magia negra de las vicisitudes,
que sin falta vienen diariamente
a probar de qué estamos hechos,
pero con la magia blanca del amor
puro y verdadero,
que hace TODO lo bueno posible.

Beatriz Eugenia Buendía Schlenker,
"Bëëbusch"

CAPÍTULO 1

Si lo veo, no lo reconozco

Había una vez, en un bosque encantado, una pequeña hada abeja llamada Bëëbusch. Tenía el pelo largo, las piernas largas, las alas difusas y un aguijón. Era un hada poco común. Su madre venía de un mundo lejano del sur del planeta, donde la vida era muy distinta y en ello radicaban las particularidades de su personalidad. Mamá B nació en un lugar de cordilleras, donde las frutas eran enormes, donde las estaciones eran inexistentes, donde las nubes eran más oscuras y donde las casas eran de piedra. En ese lugar, las muchedumbres eran más espesas, la gente era más afectuosa y los colores estaban presentes y vibrantes en el paisaje, la naturaleza y el goce de la gente.

Bëëbusch vivía en el tronco de un árbol de pino. Su casa y sus muebles, todos estaban hechos de madera, y estaban adornados con objetos llenos de significado para ella. En la alcoba, estaba su cama de columnas, hecha con madera de Punta Larga, especialmente decorada con cortinas de capullo de mariposa. La cama tenía muchos años y era muy especial, porque muchas hadas abejas de la familia habían dormido en ella. Hadas abejas del bosque y de la cordillera. Una antigüedad cargada de buena energía en la que la pequeña se refugiaba cada noche a entregarse a la lectura y a soñar con su futuro.

El verano se estaba acabando y con el cambio de estación se venía algo nuevo. Lo más importante era que la pequeña hada abeja iba a empezar a usar su nombre corto, para que las demás hadas del bosque pudieran pronunciarlo. Por fin se iba a acabar la necesidad de repetir  y deletrear unas palabras que de la boca de ella salían naturalmente; pero los nombres largos eran la costumbre en la cordillera de donde venían sus padres. Estaban hechos de cuatro palabras. Las dos primeras eran los nombres, y las dos segundas, los apellidos. El primer nombre ya debía de haber sido usado por otra hada de la familia, como la cama. Una forma de aferrarse a los ancestros y honrar su existencia, y en este caso era el nombre su madre y de su bisabuela, que significaba "la que trae la felicidad". El segundo nombre tenía un significado mágico que solo era revelado el día de nacimiento de acuerdo con su destino. "De buen linaje o alta estirpe" fue el asignado a Béébusch a las trece horas y veintidós minutos de la tarde de aquel martes de primavera cuando llegó al mundo. Un nombre que tenía que ver con su origen y con la nobleza heredada de su familia, pero difícil de comprender para un hada que hubiera preferido algo relacionado con las sirenas.

El primer apellido confirmaba el lugar de procedencia del padre, y el segundo, el lugar de procedencia de la madre. Con esas cuatro palabras en línea, los homónimos (personas con el mismo nombre) eran una rareza en la cordillera. Para la pequeña hada abeja, dueña de una fogosa identidad, era difícil entender por qué a los duendes les tocaba casi siempre el primer turno. Como con sus apellidos. No comprendía por qué el apellido del padre iba primero si aparentemente la madre era la que más trabajaba en la crianza de los niños. Pero esa era la tradición, y las tradiciones jamás se rompen.

"Tradición —pensó Bëëbusch— es algo que toda la familia hace sin parar para acordarse de que uno es parte de esa familia; aunque no estoy segura". Y mientras preparaba su morral y la ropa del día siguiente, siguió en sus pensamientos, practicando cómo dar las explicaciones necesarias sobre su nombre abreviado mientras pretendía hablar con alguien más frente a su espejo...

"Verás. Ya nos dimos cuenta de que en el bosque entre más cortos sean los nombres, mejor. Así es que decidimos recortar el mío de forma que fuera fácil de decir y aún fuera significativo. Tengo mis dos letras B largas, que tienen las formas de mis alas, para que pueda acordarme de hacer todo 'bellamente bien'. También tengo mis dos letras E con antenas para que nunca se me olvide que soy un hada abeja y lo termino con un "usch" abreviando mis dos apellidos en una expresión que se asemeja al sonido de un beso largo. Para que no se me olvide nunca que de amor fui hecha y que es lo más importante en la vida". Con ello terminó su discurso, gesticulando exageradamente frente a su propia imagen, mientras continuaban sus cavilaciones...

bëëbusch

"Con ese nombre me tengo que ir yo a mi primer año en la escuela avanzada de magia, esperando a que ahora no me pregunten por mis alas difusas y mi aguijón secreto". Mirando al cielo y suspirando profundo en forma de plegaria, se dispuso a ponerse su piyama.

Siempre era una tarea difícil para Bëëbusch eso de levantarse antes de que saliera el sol sin alzar la ceja. Era un gesto imposible de evitar —heredado de Mamá B— cuando estaba a punto de perder la cordura y ver disiparse por completo el lado dulce de su personalidad. Tal como su progenitor el duende Papá K, madrugar era toda una aventura. Su cerebro no despegaba hasta bien entrada la mañana. Pero la emoción de volver a ver a sus amigas en la escuela, mostrarles qué tanto le había crecido su pelo y hablar en su segunda lengua sería motivación suficiente para levantarse rápido de la cama (por lo menos, durante la primera semana).

Hablar anglosajón en lugar de español era un poco más fácil para la pequeña hada. Podía decir todo más rápido, aunque de forma menos poética. La gente del bosque tenía esta increíble dificultad de enrollar la lengua para pronunciar las letras r del español y Mamá B insistía en que era el resultado de no haberse tomado toda la sopa con cilantro cuando eran niños.

Una historia más para lograr que los niños la obedecieran, pero otra de aquellas cuya veracidad estaba en duda; ya lo había comprobado con el cuento falso de la sopa de espinacas, que ponía los ojos verdes después de la media noche. Tal como se lo había hecho a su madre, la abuela Connie Joe. Mamá B se había tomado todas las sopas de espinacas del mundo cuando era niña, añorando que sus ojos de color café se pusieran verdes al levantarse.

El propósito de la abuela no era engañarla, sino ali-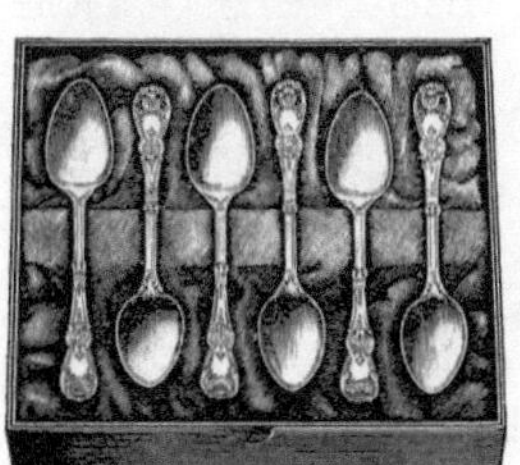mentarla adecuadamente para curarle sus ojos, pero fueron muchas las noches de desvelo esperando a que un hechizo falso surtiera efecto. Se las tomó frías, se las tomó calientes. Se las tomó despacio, se las tomó rápido. Se las tomó al desayuno, al almuerzo y a la hora de la cena, y nunca pasó nada.

Mamá B no solo quería cambiar el color de sus ojos, sino conseguir que los dos lograran enfocar en un mismo punto. Era una niña de ojos bizcos tratando cualquier magia que le funcionara.

Mamá B no solo quería sus ojos verdes, sino derechos. El ojo izquierdo no le hacía caso y solo quería mirar a su nariz. De niña, era un hada reconocida por sus espejuelos rosados en forma de ojo de gato, muy graciosa y especial. Estuvo así durante muchos años —bizca, quiero decir— hasta que un brujo de la cordillera finalmente conjuró un hechizo y la sanó. El hechizo incluía tres noches de oscuridad sin poder ver, perder las pestañas y algo de dolor, pero después de dos intervenciones los resultados fueron exitosos. Por fortuna, sus amigas de infancia nunca se burlaron de ella. La cuidaron, la ayudaron y la adoraron sin nunca decir un mal comentario o una burla respecto a sus ojos torcidos o el corte de las pestañas. Béébusch casi podría apostar a que en el bosque la cosa hubiera sido distinta. La competencia le ganaba a la solidaridad casi todos los días. En una tierra donde se triplican las oportunidades, la compasión se escondía.

Mamá B, que creció con esa pequeña incapacidad, habla muy orgullosa al respecto. Dice que, gracias a ello y a la devoción de la abuela Connie Joe, descubrió parte de su destino. Antes de someterse a los conjuros que la sanaron, juntas trataron toda clase de terapias alternativas —incluido el consumo masivo de sopa de espinaca y zanahorias crudas— para lograr que los ojos se enderezaran. Una de esas terapias era la de rellenar con ceras de color rojo todas las letras redondas del periódico dominical, para forzar los ojos a concentrarse en un mismo objetivo. La otra, era la de ensartar cuentas y semillas en pulseras y collares para la familia. Es providencial que Mamá B hubiera empezado a hacer joyas desde muy pequeña. Bien podría decirse que todo ello era una premonición de su futuro laboral. Muchos de aquellos quienes la conocieron de niña en la cordillera ya no la reconocen como un hada abeja adulta después de los múltiples vuelcos que ha dado su apariencia y su vida.

A pesar de que en su vida adulta nadie sabe de esos ojos infantiles torcidos, a Mamá B le estaba volviendo una bizquera de media noche. Trabajaba todos los días hasta muy tarde en un proyecto secreto del cual nadie podrá enterarse hasta cuando cumpla cuarenta y tres ciclos de lunas. Solo daba ínfimos detalles al respecto y con ello generaba una expectativa desesperante entre su familia y los amigos. Es algo que tiene que ver con el hecho de ser un hada abeja, y con la magia que las hace tan únicas y tan distintas. Algo en lo que trabaja cuando todo el mundo duerme, en un lugar secreto de la casa de pino. En el subsuelo.

CAPÍTULO 2
Adonde fueres, haz lo que vieres

Las primeras semanas en la escuela avanzada de magia han transcurrido sin novedad. Los demás niños podían decir el nombre abreviado de Bėėbusch como si fuera una palabra anglosajona. Era una diferencia enorme no tener que deletrearlo cada vez que lo pronunciaba y evitar las expresiones de desconcierto y burla en las caras de quienes no podían pronunciarlo correctamente. "Adonde fueres, haz lo que vieres" era una expresión de la cordillera repetida incesantemente por Mamá B. Ella bien sabía que era más fácil ajustarse a las costumbres de esta nueva tierra, que imponer las traídas de la cordillera, si se trataba de hacer la vida más fácil.

La cotidianidad en el bosque es como vivir en un estado permanente de "bipolaridad cultural". Dos mundos distintos, siempre presentes en el alma. Pareciera que los niños se fueran de vacaciones

con tan solo salir y entrar a la casa de pino diariamente. Si se acepta esta circunstancia sin drama y
con sentido del humor, resulta ser lo más divertido
del mundo. Un privilegio.

Con el estudio y las nuevas actividades extracurri-
culares, Béébusch se sentía terriblemente
cansada. Su rendimiento era ejemplar,
pero al final del día le costaba mucho
trabajo controlar su temperamento
y, con frecuencia, cargaba su
aguijón de veneno contra
Mamá B. Ella bien sabia que su
madre no tenía culpa de su agotamiento, pero era
cómodo y conveniente descargarse con la única persona capaz de perdonarle todo una y otra vez, hasta el
fin del mundo. A veces, ella misma temía el día en que
se le ocurriera utilizar el aguijón para picar en trocitos
sus tareas, maltratar al gallo que la despertaba cada
mañana o hacerle daño a su familia. Especialmente a
su hermano duende, con el que era casi placentero
pelear. Eso hacía parte de sus peores pesadillas: el que
a su hermano le pasara algo sin que ella pudiera ayu-
darlo. El pequeño generaba toda clase de nuevos sentimientos en Béébusch. Hoy estaba realmente despe-
lucado y tenía los cachetes quemados, por haber
comido cascos de naranja sin permiso. Al parecer,
tenía una alergia a los cítricos y el escozor en la piel
era de un color rojo tan intenso que parecía un payaso.
Mamá B acopiaba toda la paciencia posible para

ayudarle a su hija a descargar el aguijón. Era un arma secreta que debía aprender a controlar y mantener en reposo. Ser hadas abejas en el bosque ya era una rareza suficiente como para sumarle el hecho de poseer un arma letal.

El otoño ya estaba tocando la puerta y los conos de pino caían como asteroides del cielo. A veces, los pequeños dudaban de si eran las ardillas tratando de pegarles a propósito, pues generalmente caían demasiado cerca de sus cabezas. Aunque todavía hacía calor, había tantas hojas secas en el piso que era imposible montar en bicicleta.

La parte favorita de todos los días de Bëëbusch era llegar de la escuela y jugar frente a la casa de pino con su hermano, mientras Mamá B se sentaba en la parte alta de la colina a contemplar el paisaje y a cuidarlos. A veces se le sentía angustiada por el mucho trabajo que tenía pendiente, pero cuidar de su descendencia siempre era su prioridad. No había duda de que su familia era más valiosa que las joyas que creaba. Le costaba gran dificultad desprenderse de sus hijos. Dejarlos al cuidado de alguien más. Incluso dejarlos bajo el cuidado de Papá K. Las bicicletas de ruedas de cedro ya no circulaban entre las agujas de pino y era necesario barrerlas antes de jugar. El pequeño duende había aprendido a pedalear recientemente y ahora no había que cuidarlo, sino cuidarse de sus ataques, de la destreza y la velocidad con la que corría en su bici. Béébusch nunca pensó que llegaría el día en que finalmente tuviera que compartir las pistas de carreras que tan laboriosamente hacia Mamá B en el piso con polvillos minerales. Hasta hace muy poco tiempo dejaba a su hermano ganar las carreras con condescendencia. Ahora debía luchar y sudar para llegar de primera. Su hermano era tan parecido a Papá K que a la gente le daba risa.

Era un misterio para Béébusch comprender por qué los duendes (hombres) eran tan distintos de las hadas (mujeres). Mamá B contaba que hace mucho, mucho tiempo, desde que las hadas dejaron de usar las alas para transportarse, la vida en el bosque había cambiado radicalmente. Igual pasaba en la cordillera. Las cosas esenciales habían sido remplazadas por banalidades sin sentido y las alas ahora eran solo un adorno. El bosque estaba hecho de seres fantásticos de muchas partes del planeta que, por distintas razones, habían huido de su propia tierra. En algunas ocasiones, por razones del corazón o por necesidad de buscar trabajo, por hambre o por miedo también. El motivo por el cual Papá K y Mamá B estaban en el bosque era un secreto. Al parecer no tenían pensado permanecer tanto tiempo. Habían llegado con la ilusión de estudiar y pasar un máximo de dos ciclos de lunas, pero el tiempo fue pasando y este territorio se convirtió en su hogar. Dicen que nadie está donde no quiere y que nadie está libre de secretos como aquel que se guarda Mamá B sobre su trabajo en el subsuelo. Ese lugar prohibido adonde nadie puede bajar a curiosear.

En un par de semanas, las hojas del otoño harán que sea imposible usar las bicicletas, pero aun sin ellas hay muchísimo por hacer en los alrededores: piedras por escalar, flores que recoger y bichos por espantar. Cada tarde, Mamá B entra y sale de la casa con jugos de fruta, croquetas de papa con vinagre y sal, barras de cocoa, queso o palomitas de maíz para los niños. Es la única hora del día en que está permitido el consumo de galguerías. Esas cosas que solo le gustan a la lengua y no al resto del cuerpo, porque si se comen mucho y a deshoras, se vuelven rollitos en la panza y enfermedades. Bëëbusch y su hermano duende miraban a Mamá B estupefacta sentada en lo alto de la colina, mientras los pequeños comían sobre la piedra más grande del antejardín.

—¿Estupefacta? —Preguntó el pequeño duende, encogiendo los hombros y cubriendo su boca como si hubiera repetido una palabra prohibida.

—Estupefacta —repitió Bëëbusch—. Aunque se

parece a esa otra grosería que no debemos decir, no es una palabra mala. Quiere decir que nos mira como si no nos mirara. ¿La ves, hermano?

—¿Qué estará pensando? —Balbuceó el pequeño con la boca demasiado llena de galletas.

—No lo sé. A veces dice que le gustaría trabajar en la oficina de diseño del creador; pero eso me asusta. ¿Tú sabes que el abuelo Chema se fue para allá el verano pasado y nunca lo volvimos a ver para que nos dé besos de bigote en los cachetes? Sé que vive en la estrella más brillante de la noche y nos protege, pero no verlo me da dolor de pecho. Siento un hueco adentro que no sé cómo llenar. Mamá B siente lo siente igual o peor. ¿Tú sientes algo parecido?

El pequeño, que no se estaba esperando semejante giro en la conversación —un golpe duro para su corazón sensible—, ya estaba dejando caer la comida de entre su boca para poder ponerse a llorar. Oír mencionar el nombre del abuelo Chema le producía siempre lo mismo. Se le había contagiado de su madre, pues desde que el abuelo se había ido, Mamá B se había cortado su trenza mágica. El pequeño creía que sin esa trenza larga que le acariciaba el corazón a su madre, no volverían las mil sonrisas a la casa. Béébusch continuó el monólogo ignorando las lágrimas de su hermano...

14

—¿Tú te imaginas? Si Mamá B se va a trabajar a esa oficina oficina con el creador, pues la dejamos de ver a ella también. Para siempre.

Al notar la tristeza que embargaba al pequeñín, le cedió sus croquetas de papa, le sonó la nariz con su propia servilleta y le dijo cariñosamente: "no te preocupes, hermano. Mamá B dice que ella va a estar a nuestro lado hasta que ya no la necesitemos y se vuelva un hada vieja e insoportable; que solo siente curiosidad por saber cómo se crean nuevas flores y animales, cómo se crean todos los seres vivos, cómo se colorea el pelo de los niños. Quiere saber por qué yo me parezco a ella, pero llevo adentro el espíritu guerrero de Papá K. Esas cosas que le producen tanto gozo y que trata de copiar cuando se inventa sus joyas. ¿No te gustaría saber lo mismo?".

El pequeño asintió sin decir una palabra y continúo comiendo, sintiéndose protegido por su hermana, como si no hubiera pasado nada.

Siendo las dieciocho horas, como era costumbre, antes de ocultarse el sol y de que salgan los zancudos del Nilo, la familia debe refugiarse en la casa de pino. Los pequeños entran corriendo como una estampida de elefantes y suben a las carreras las escaleras de la casa hasta llegar a la torre de alcobas. Mientras el pequeño toma un baño relajante de agua lluvia, Béébusch se sumerge en la lectura en su escritorio que, al igual que la cama, es una antigüedad familiar. Entre tanto, Mamá B organiza la casa, cocina y administra besos y caricias cada vez que pasa. Con cara de derretimiento —esa cara que haría la nieve frente la chimenea antes de volverse agua— afirma que después del amor, la belleza es lo que más cosquillas le produce en el alma, porque lo bello se lo inventa alguien con intención para que otro lo disfrute con emoción y nostalgia. Gran parte de su vida se la pasa tratando de darles explicaciones a sus hijos sobre esas cosas que producen aleteo de mariposas en la panza. Las cosas que valen la pena.

Mientras se apaga el día, la casa de pino hace toda clase de ruidos. Las ardillas y los pájaros buscan sus nidos entre las ramas. Los venados y sus mellizos se echan en los claros del bosque. Las chicharras y los sapos empiezan su canto nocturno. Con cada ruido, la familia espera finalmente oír el portazo de Papá K haciendo su entrada triunfal por el corredor de la cocina, con sus historias dramatizadas sobre el gaso-transportador de guadua, más común-mente conocido como el GTB, porque aquí en el bosque es un hecho que prefieren las abreviaciones. Un medio de transporte único en el que él ha estado trabajando arduamente y que opera con fuego y gas natural dentro de una especie de bambú criollo; es decir, que viene de la cordillera. Los pequeños no hablan sobre el trabajo de su padre, pues les produce risa y algo de ver-güenza. No tienen claro de dónde provienen en realidad los gases naturales y si va a nece-sitar contribuciones de la familia entera y el vecindario. Cada vez que oyen a su padre hablar del tema, terminan desternillán-

dose de la risa, pensando en las explosiones del sistema digestivo.

Tras una cena en familia, termina otro buen día en la vida de Bëebusch, en la que la vida simple la hace muy dichosa. Mamá B ya casi cumple sus cuarenta y tres lunas y pronto revelará su secreto. Ya se sabe que se trata de algo relacionado con su hija. Dice que a partir de esa fecha su nombre y su imagen será reconocidos por todo el bosque. ¡La pequeña hada abeja muere de curiosidad!

CAPÍTULO 3

En boca cerrada no entran moscas

La pequeña hada abeja lleva noches sin dormir. Un día especial se avecina y los sonidos de la noche son hoy distintos. Está a punto de experimentar un peligroso ataque de curiosidad y teme que no se va a poder controlar. Es la madrugada en la que su madre completa cuarenta y tres lunas y quiere saberlo todo ya. Especialmente quién o qué produce ese ruido extraño en la raíz de su casa de pino desde hace tres noches. Teme que sean las polillas peludas de las que le habló su amiga Sofía en la escuela de magia. Aquellas que vienen en la noche a llevarse entre sus alas negras, empolvadas y peludas a las hadas desobedientes. Lo oyeron de hadas adolescentes en la escuela de magia; esas que usan puré de moras en los cachetes para verse más bonitas. Hay polillas tan bonitas que Béébusch no sabe si tragarse entero ese cuento.

Sabe que debe volver a dormir pronto o no va a

lograr levantarse a tiempo para ir la escuela de magia; pero su lengua no puede parar de mecer el diente que tiene suelto. El sueño se ha ido del todo. Mamá B tiene una fiesta con su clan de amigas hadas al medio día y piensa que quizás esté preparando ponqué de caramelo y helado de dulce de leche. Decide levantarse e ir a investigar.

La casa se ve muy distinta en la noche, iluminada tan solo con la luz de la luna llena. Es tan brillante que  juega con las sombras como si fuera una dimensión desconocida. Si quisiera, Bëёbusch podría escribir sin velas. Durante un momento se imagina cómo sería la vida si se viviera de noche y se durmiera de día. Se pasma mirando al búho que gira la cabeza a través de la ventana. Está todo tan quiero. Tan bonito.

Su familia está profundamente dormida, pero ella decide llenarse de valentía e ir a saciar su curiosidad. Mientras baja las escaleras, la casa cruje como siempre bajo sus pies de hada descalzos. Tras los hornos donde diariamente se cocina está la enigmática puerta que conduce al subsuelo de Mamá B. Ese lugar secreto donde ella pasa gran parte de sus noches. Bëёbusch prometió no bajar nunca sola, pero con la excusa de que esta ocasión parecía un asunto de seguridad familiar y, cualesquiera que sean las consecuencias por desobedecer a sus padres, simplemente ya no podía aguantar la curiosidad.

La modesta puerta de madera detrás de los hornos decía "La Mina" en un rústico letrero de leño decorado por Mamá B. La pequeña sabía que era necesario usar un casco de bellota para protegerse la cabeza al bajar, porque, en cualquier momento, las pisadas de animales grandes o una estampida podría derruir las cavidades del subsuelo. Los cascos estaban ali-neados junto a la puerta, y como parecían todos igual de grandes, optó por usar el de Papá K, para que le cupieran mejor las antenas y las trenzas. Tras la puerta, unas escaleras largas de madera conducen directo a  la puerta principal de La Mina. La barandilla plana de cobre, al lado derecho, la usaba Mamá B para deslizar las cosas pesadas que lleva al trabajo o arrastrarlas hacia arriba con un sistema de poleas. El cobre tenía un color rosado precioso y brillaba como un espejo. Parecía lo suficientemente ancho como para que una pequeña hada abeja lo usara de rodadero y, por supuesto, se convirtió automáticamente en un tobogán. Bëëbusch aterrizó demasiado rápido en la entrada de la mina con un morado nuevo en la pierna y dos rasguños en el brazo. Los días sin golpes y morados en la casa de pino eran días sin relevancia.

La entrada a La Mina tenía una puerta anchísima de dos láminas. Los grabados de la madera recreaban una colmena, pero no solo con abejas, sino con todo tipo de animales y plantas. La pequeña se tomó un tiempo para tocarlos y detallarlos. La llave, que aún estaba puesta en la cerradura, giró muy suavemente y liberó el seguro. Quizás su madre estaba muy cansada al dejar La Mina a la media noche y la había olvidado. La puerta era tan pesada que la pequeña no lograba empujarla siquiera con el aguijón en reposo y sus partes circundantes; esa parte del cuerpo que Mamá B no podía ver al aire sin verificar la contextura con un pellizco cariñoso. Tras dos intentos fallidos y el uso de una maldición aprendida en secreto de su padre, la hadita decidió aplicar un poco de la magia enseñada en la escuela. Cerró sus ojos, aguantó la respiración y diciendo las palabras "Por la pilatuna a la una, a las dos y a las tres, abre puerta de una vez", empujó con fuerza y con un solo intento logró abrir la puerta. Casi olvida por completo que no se podía gritar de emoción considerando las circunstancias y, afortunadamente, se tapó su propia boca mientras daba saltos de emoción al ser testigo de la eficacia de su primer conjuro en solitario. Nadie se lo iba a creer en la escuela de magia.

Sus ojos negros inmensos observaban atónitos alrededor. Primero, porque no podía creer que la magia funcionara con solo quererlo, sino porque no podía creer que existiera un lugar tan distinto y especial bajo su propia casa. Un espacio tan blanco como la barriga de su hermano duende y de forma hexagonal con un techo altísimo desde donde se veía perfectamente la luna y la estrella donde vivía el abuelo Chema desde que se fue al cielo. Todo era tan blanco que la luz de la luna era suficiente para iluminarlo todo a través del óculo. En el piso de mármol y a todo color, estaba el sello familiar como el que ella misma llevaba en su medallón. Frente a

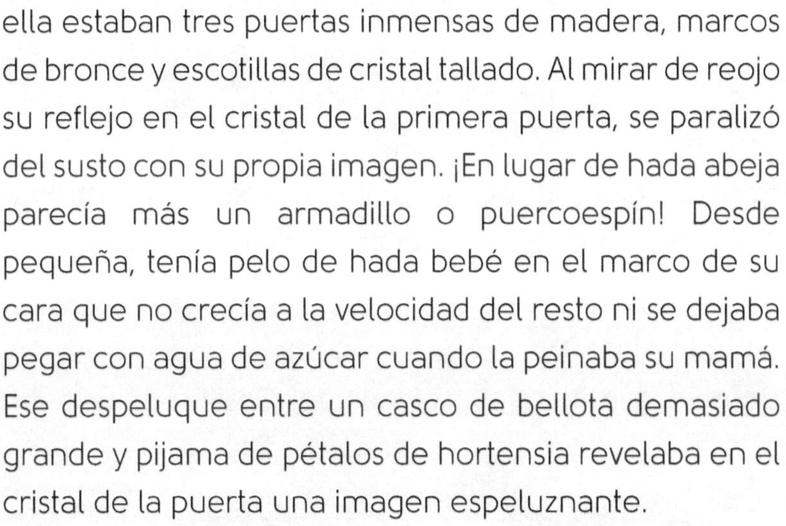

ella estaban tres puertas inmensas de madera, marcos de bronce y escotillas de cristal tallado. Al mirar de reojo su reflejo en el cristal de la primera puerta, se paralizó del susto con su propia imagen. ¡En lugar de hada abeja parecía más un armadillo o puercoespín! Desde pequeña, tenía pelo de hada bebé en el marco de su cara que no crecía a la velocidad del resto ni se dejaba pegar con agua de azúcar cuando la peinaba su mamá. Ese despeluque entre un casco de bellota demasiado grande y pijama de pétalos de hortensia revelaba en el cristal de la puerta una imagen espeluznante.

—Nada por qué preocuparse —se dijo a sí misma respirando profundamente y tratando de peinarse por entre el casco. Afortunadamente, era solo su propia sombra de hada abeja con casco.

Pero al acercarse un poco más a mirar a través del cristal, su corazón empezó a palpitar un poco más rápido. Sentía la presencia de algo o de alguien más en el vestíbulo y todo su ser le indicaba que podía estar en peligro. Sentía un viento caliente intermitente cerca de su oído y la sangre subiéndole rápidamente hacia la cabeza. Su reflejo de armadillo sobre el cristal de la puerta se estaba tornando en algo monstruoso y bigotudo. Sintió ganas de llorar y gritar, pero justo antes del ceder a un ataque de pánico, escucho la voz firme de su mamá decir:

—Pepper Rose, basta. ¡Déjala ya!

Confundida por el llanto y en brazos de su madre, no sabía qué decir ni qué pensar. No podía ni ver por la cantidad de lágrimas que salían de sus ojos mientras trataba de entender qué pasaba. No sabía qué tan grande era el problema en el que se había metido. Poco a poco, logró controlar los sollozos, enfocar el rostro de Mamá B y empezó a escuchar sus dulces palabras.

—Béébusch, esta es Pepper Rose, la guardiana felina de La Mina. Lo que tú siempre habías querido. Un gato como los guardianes del Castillo de Suesca, en la cordillera.

El llanto se tornó en sonrisa con la rapidez mágica con que los niños logran olvidar sus problemas y Béébusch se sintió el hada abeja más feliz del mundo. El Ministerio de

Minas otorgaba la concesión de un guardián de mina felino —macho o hembra— cuando la magia de un hada joyera se había vuelto demasiado poderosa. Protegía la casa, La Mina y la familia, y garantizaba que los amuletos fabricados llegaran a las manos de las hadas o duendes indicados. Mamá B tuvo que trabajar mucho para lograrlo. Todo era parte de ese proyecto secreto en que trabajaba por las noches y que, finalmente, iba a ser revelado en la mañana cuando completara su ciclo de lunas número cuarenta y tres. El secreto mejor guardado del mundo.

Puesto que era tiempo de volver a la cama y las caricias a Pepper Rose ya eran demasiadas, Mamá B tomó la mano de su hija para contarle brevemente su secreto. Paradas sobre el sello familiar que recrea la forma de sus alas, sus piernas a rayas y las antenas, se veían equidistantes las tres puertas de las cámaras. Cada una con un letrero de oro sobre el umbral con una breve palabra que describía su contenido. La primera puerta decía crear; la segunda, hacer, y la tercera, dar. Para abrir dos de ellas era necesario que la guardiana felina se sentara sobre el sello central de la familia con sus patas delanteras oprimiendo los granates de las antenas. La presión tenía que ser tan precisa y delicada como la que solo podía aplicar Pepper Rose con sus once kilos de peso. Gracias a ello, las láminas de metal que cubrían las cerraduras se deslizaban y las dejaba al descubierto y solo así se podía introducir la llave maestra para poder entrar. La puerta de la cámara del hacer era un secreto que Mamá B prefirió dejar guardado.

Madre e hija entraron por a la tercera puerta, la cámara del dar, y la pequeña hada abeja no podía entender por qué su ser aparecía pintado en todas partes. Cajas azul pastel para joyas de todos los tamaños y para todo tipo de piezas estaban organizadas a lo largo de una mesa de producción. Cintas rojas de varios anchos, bolsas de seda, papelillos de corteza de árbol de mil tamaños. Todas con la imagen de Bëëbusch en su mejor atuendo, sus alitas, sus trenzas, las antenas, las botas de amarrar y el medallón. Las paredes llenas de pequeños cajones de cristal llenos de suministros para clasificar cuentas y empacar joyas. Mamá B se agachó frente a ella y con el corazón henchido de orgullo le dijo:

—Esto es por ti y para ti, mi pequeña hada abeja. Es lo que soy y lo que hago para que nuestra vida de hadas abeja con aguijón sea más fácil. ¡Vamos a compartir a partir de hoy nuestra magia con todo el mundo!

Sintiéndose como el hada más famosa de la noche, la pequeña volvió a la cama. Pensando en a quién contar primero su aventura de madrugada, sufría de pensar que su hermano duende sintiera celos por ello. Mamá B prometió mostrarle al final del día lo que había detrás de las otras puertas.

CAPÍTULO 4

Cría cuervos y te sacarán los ojos

Bëëbusch tenía grandes expectativas sobre el proyecto secreto y conocer lo que hacía su madre. Imaginaba cómo sería cumplir más de cuarenta y tres ciclos de lunas y ser una madre capaz de hacer tan felices a sus hijos.

En la escuela de magia tuvo que dar muchas explicaciones, como siempre. No solo porque la descripción emocionada de su aventura de madrugada parecía mentira, sino porque su vida de viajes a la cordillera, nado con delfines, caza de serpientes, pesca y peligros era ajena a la gente del bosque. Muchas veces, Bëëbusch había pedido a su madre que le dibujara escenas de sus treinta y cuatro viajes en vuelo de águila calva para que sus amigos le creyeran. No era fácil crecer con el corazón en dos mundos distintos. Ir y venir cada dos estaciones a la cordillera a coleccionar suficiente amor de la familia para que dure todo un año calendario, sin agotarse. Aprender a decir adiós cada vez y una vez más, sin derramar lágrimas. Cambiar de idioma en un abrir y cerrar de ojos, respirar otro aire, vivir con nostalgia permanente.

La pequeña hada abeja confiaba en la palabra de su madre y esperaba poder saber al final del día lo que escondían las otras dos puertas de cristal en La Mina. Su madre lucía radiante ese día con un vestido verde de hojas de gardenia y flores de lavanda. Su pequeña trenza mágica ya no estaba, pero su pelo, suficientemente largo, le colgaba ahora de medio lado en una trenza gorda que ya casi la acariciaba el corazón. Hacía rato no se le veía tan contenta. Había recibido muchos regalos de su clan de hadas abejas en la celebración del mediodía y estaba feliz contándole a todo el bosque sobre sus piezas mágicas de joyería y la concesión que le había hecho el Ministerio con su nueva guardiana felina. Llena de emoción había apostado con Papá K que para el final del día muy seguramente habría oficializado sus primeros diez encargos.

Durante un momento, Béébusch imaginó que, a pesar de la emoción de vivir algo nuevo, la vida iba a ser distinta con la mina propia de Mamá B. Quizás a partir de entonces ella estaría siempre en casa para ellos sin tener que salir corriendo a trabajar con los joyeros artesanos en el valle y sufrir por la escasez de oro o platino. Imaginó que iba a ser un hada de aquellas con su mamá siempre en casa para recogerla a diario en la escuela de magia y evitar pasar tres tardes de la semana en la Torre de Crema esperando a que mamá saliera del trabajo. La Torre era un sitio muy exclusivo donde los pequeños podían ir después de la escuela a pasar el tiempo mientras sus padres terminaban la jornada laboral. Era, además, el lugar adonde iba su hermano duende a aprender a hablar anglosajón; pero estrecho —conceptualmente hablando— para la ávida imaginación y la sed de aprender de una pequeña hada abeja bilingüe. Solo se pasaba el tiempo entre niños muy mal portados y no se aprendía nada nuevo.

Mamá B estaba lista para subir al palomar tomada de la mano de sus dos hijos a recoger la correspondencia de ese día tan especial. El sistema de correo en el bosque funciona gracias a las palomas mensajeras que transportan los columnogramas en tubillos de cobre amarrados a sus patas. El palomar cubría la parte más alta de la casa de pino como un casco protector y tenía un pararrayos en forma de caballo en la punta. Este pararrayos de acero era la única reminiscencia de un caballo que Mamá B podía tolerar en la casa de pino.

Los caballos hicieron gran parte de su vida pasada en la cordillera y constituían el recuerdo más dulce de su vida junto al abuelo Chema. A pesar del mucho tiempo que había pasado desde su partida, el nombre del abuelo y la imagen de un caballo, llevaban a Mamá B a la desolación total. El palomar estaba hecho de madera en forma cónica lleno de balcones y estancias donde las palomas mensajeras viven o pasan la noche. Generalmente, una familia muy grande vive allí siempre, como las familias en la cordillera, mientras una docena de palomas va de paso diariamente llevando y trayendo mensajes de la gente del bosque.

Usualmente, Papá K estaba a cargo de recoger los mensajes al final de cada día, pero hoy Mamá B no podía esperar a recibir en un columnograma, su primer encargo de joyería. Subieron todos juntos, dieron de beber a las palomas y recogieron los tubillos. Sin embargo, a medida que desenrollaban los mensajes, Mamá B no solo perdía paulatinamente el color de sus mejillas, sino que también su sonrisa se desdibujaba en una expresión de desasosiego que sus hijos no habían visto antes.

Tratando forzosamente de esconder su decepción, invitó a los niños a bajar a la casa a comer en la cocina otra tajada de ponqué de cumple lunas, mientras ella bajaba rauda y veloz como una gacela a su mina. Béébusch trató de seguirla, confiada de tener las credenciales suficientes

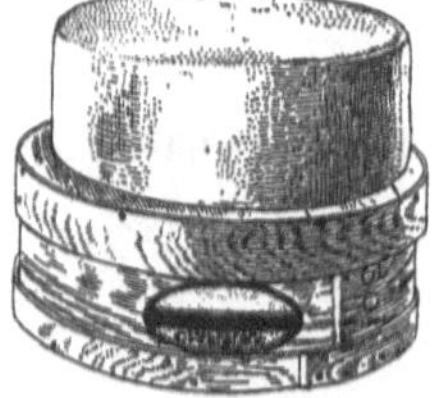

para poder entrar esa noche en las otras dos cámaras; pero su madre la detuvo con firmeza.

—Mi pequeña —dijo Mamá B—. Voy a tener que romper mi promesa y tu corazón porque estoy en serios problemas. Por favor, espera aquí en la cocina y ayuda a cuidar a tu hermano duende.

La hadita creyó que el alzar su ceja izquierda y exhibir su pequeño aguijón en señal de protesta le iba a dar algún resultado, pero la ceja aún más levantada de su madre y ese aguijón incandescente le indicaron que era mejor obedecer al punto. El aguijón de Mamá B no se cargaba de veneno luminoso casi nunca y, por ello, la situación debía de ser realmente delicada. Nunca se le había visto atacar a nadie, pero se tornaba de un color rojo intenso como el de sus mejillas cuando estaba molesta. Si eso sucedía, todas las palabras que salieran de su boca en esos momentos serían letales.

Papá K llegó prontamente y besó a sus hijos como de costumbre; pero tan pronto como le contaron que los columnogramas de hoy habían llegado incinerados, bajó corriendo a La Mina, sin escatimar. Mamá B estaba en silencio acariciando a Pepper Rose con los ojos inundados de lágrimas, tratando obstinadamente de no dejarlas caer, por orgullo. Todo, absolutamente todo, estaba listo para iniciar la producción de amuletos; pero sin encargos y el

correspondiente pago inicial, nada podía funcionar. Esos pequeños tubillos debían de haber llegado con un rollo de pergamino escrito a mano con el nombre y amuleto de un nuevo cliente, acompañado de uno a cinco granos de oro puro como forma de pago.

Todo indicaba que las palomas habían sido interferidas por cuervos de orfebres de larga trayectoria que no iban a permitir que un hada abeja, mujer y, mucho menos, forastera, les quitara su trabajo. Mamá B se sentía envuelta en la misma lucha de poder y territorio por la que había tenido que luchar en la cordillera cuando creaba y construía casas de piedra. En oficios dominados por machos era una tarea dura esta de tratar de sobresalir siendo hembra de cualquier especie y en cualquier lugar del mundo. Una historia que se repetía sin falta. Al final, ella sabía muy bien quiénes eran los cuervos que interferían en su destino. Los tenía identificados. Habían sido sus maestros, sus compañeros, sus amigos. En contadas ocasiones, incluso sus estudiantes. En menos de veinticuatro horas de haber inaugurado su nueva mina, iba a ser necesario reinventarse un sistema de pedido y distribución distinto bajo el radar de esos joyeros que solo buscan lucro con su trabajo y no la propagación de la magia de los amuletos.

Y así sería. Una vez superado el cansancio de la desilusión, no había más remedio que seguir adelante mientras un nuevo sol saliera cada día. Mamá B cerró con llave las puertas del hacer y dar y se sentó con su esposo duende en la cámara del crear a tomar un té de agua hirviente con anís, de esos que de vez en cuando le ayudaban a superar sus tristezas. Ese lugar contenía la historia de la familia en dibujos pegados a las paredes transformados en joya. Cada pieza hecha en La Mina tenía una razón de ser ligada al corazón de Mamá B y su vida. Esta noche no había nada que inventar ni dibujar; era necesario pensar qué nuevo camino seguir, pero la quietud para ella era un concepto casi inexistente. Así es que se puso a organizar sus varitas de cera de colores, las tizas, las acuarelas. Sus tintas caligráficas, las reglas y los borradores. También los papeles gruesos y los transparentes, los rollos y las libretas. No era un secreto que ordenar era para ella una terapia que la ayudaba a recapitular y evitar que su aguijón se cargara de veneno.

Su pequeña Béébusch iba a saltar de emoción al conocer el interior de la cámara del crear, y en compensación por la promesa rota de hoy, la iba a dejar pintar allí toda una tarde del fin de semana, sin que su hermano duende se parqueara al lado a llenarle de babas los dibujos. Al terminar de organizar, se sentó frente a un papel en blanco con un carboncillo tajado en espera de que un mensaje del más allá le diera una buena idea; pero este nunca llegó. Subió a dar de comer y acostar a sus niños, mediando la típica pelea del final día por quién sube primero la escalera y le pidió perdón a su pequeña por haberle faltado a su palabra con un beso triple de buenas noches. Su pequeña hija ya había entendido la dimensión del problema y solo pidió a cambio que la última tajada de ponqué de cumple lunas fuera exclusivamente de ella al desayuno. Mamá B estaba dispuesta a conceder tan simple petición, pero, como siempre, debía perseverar en el uso de las buenas maneras y le dijo:

—Claro que te guardo el último pedazo. Pero creo que se te está olvidando algo, la palabra mágica más importante de todas...

La pequeña hada abeja, que sabía perfectamente la respuesta, la miró con cara de sabelotodo y dijo:

—Por favor, mamá primorosa, guárdame ese último pedazo de ponqué solo para mí.

—Claro que sí. Ahora, a dormir. Ha sido un largo y difícil día.

—Yo lo sé, Mamá B. Lo siento mucho. Pero ¿sabes algo? Quiero recordarte una cosa, de lo que tú siempre me repites. Tú no tienes que hacerlo todo sola. Yo estoy aquí para ayudarte. Hay mucha gente que está dispuesta a ayudarte.

Y con esa sabiduría inocente saliendo de boca de su hija, a Mamá B se le iluminó el pensamiento y empezó a ocurrírsele una idea genial para sacar adelante su mina.

CAPÍTULO 5

Al caído, caerle

Varias lunas han pasado sin novedad, así como pasan lentamente los días para un niño antes de cada fin de semana. Béébusch había florecido como una magnolia en primavera y en poco tiempo terminaría su primer año en la escuela avanzada de magia, llena de méritos y sin un solo llamado de atención. Esperaba impaciente el último día para comprar su tan merecido premio en la tienda donde ella misma fabricaría su muñeco de peluche. Aquel que se convertiría en su más fiel compañero durante el verano próximo y al cual abrazaría fuertemente para calmar la ansiedad de volar en águila calva hacia la cordillera.

Su hermano duende, por el contrario, crecía a la velocidad de sus pilatunas. Coleccionando heridas y chichones, e incluso, volviéndose a quemar la mano por andar tocando cosas calientes cuando no debía. Corría siempre mirando para atrás para no perderse las conversaciones, porque solía ser el más rápido de todos sus amigos. Había aprendido el valor de la paciencia y ya no le rogaba a Béébusch por favores ni juguetes, sino que esperaba calmo a que ella se fuera a la escuela de magia para posesionarse tranquilo de cualquiera de sus cosas. Salía de su cama a hurtadillas para tomarse el sorbo de leche de soya y las boronas que su hermana había dejado al desayuno. Procedía a llenar sus bolsillos con las muñecas y varitas mágicas que se convertirán en rehenes y espadas bajo su dominio. Para cuando su hermana regresara, todo estaría en su lugar como si nadie lo hubiera tocado.

Mamá B parecía tener abandonada su mina. Seguía corriendo de un lado al otro, trasnochando mucho y dedicándose a sus pequeños con gran esmero. Sus esfuerzos por sacar adelante su joyería habían sido aplacados por las mil y una necesidades de los joyeros artesanos que no la dejaban dormir tranquila, pues le rogaban por más y más diseños de amuletos en el valle. Había derramado muchas lágrimas de frustración, que se parecen mucho a las lágrimas común y corrientes; pero las de frustración brotan sin suspiros y ahogo. Se escurren sin permiso y ante la impotencia de no lograr solucionar un problema. Todo parecía igual que antes del fatídico día de las cuarenta y tres lunas en el que nunca llegaron nuevos encargos joyeros a

La Mina. Bëëbusch esperaba que la fama llegara más rápido después de todos los preparativos que había hecho su madre. No entendía que el mundo mágico que alcanzó a ver por tan solo una noche en el subsuelo fuera un desperdicio.

Pasaron dos estaciones completas y fueron muchas las veces que Bëëbusch le preguntó a su madre sobre sus progresos en La Mina. Finalmente, entendió que en este preciso momento no había solución alguna. Mamá B no podía hacer más y las horas del día no podían multiplicarse solo para ella. De pronto, y sin avisar, en un domingo cualquiera, Mamá B no se pudo levantar.

Pasó la hora del desayuno, en la que fue una diversión ayudar a Papá K a cocinar y morir de risa con el desorden ilimitado sin temor a un regaño. Pasó la hora del almuerzo, en la que Papá K decidió llevarlos en su prototipo incipiente de  gasotransportador de guadua a comprar esas frituras tan deliciosas y poco saludables en la esquina de la casa de pino. Paso la hora de la comida en la que Papá les hizo emparedados de jamón y queso, como esos que llevan a diario a la escuela de magia y, de pronto, Bëëbusch notó que el hecho de comer emparedados en la noche era algo fuera de lo común. Todo un día había pasado y Mamá B no se levantaba de su cama. Papá K había hecho un gran esfuerzo por entretener a los pequeños y actuar con toda naturalidad, pero a la pequeña hada le parecía todo muy extraño. Los platos se acumulaban en el fregadero, los niños comían y hacían lo que querían —todo lo que querían—, sin la más mínima interferencia. La pequeña finalmente quedó petrificada en la cocina y entendiendo que algo malo pasaba, le preguntó a su padre:

—¿Dónde está Mamá B? ¿Por qué no la hemos visto en todo el día? ¿Está en La Mina?

El pequeño duende empezó a buscarla por toda la cocina, debajo del sofá, gritando su nombre a alaridos por las escaleras de La Mina.

—Mamá B está en cama —contesto su padre—. Sufrió un soponcio y debe recuperarse. Se levantó a media noche a arropar a tu hermano y se puso muy mal. Alcanzó a llamarme al sentirse muy enferma y se desmayó en mis brazos. Su corazón se detuvo momentáneamente.

Los pequeños lo miraban angustiados. Mamá B nunca se enfermaba. Nunca faltaba. Nunca se quejaba.

Al parecer, el cansancio y la falta de sueño la hicieron desfallecer a media noche y cayó al piso en brazos de Papá K, desmayándose como lo hacen las princesas debiluchas en cuentos de hadas de otros mundos. Papá K le oprimió su corazón para que no parara, tal como aprendió en la cordillera ayudando a duendes mal heridos, y la llevó volando montada en una lechuza donde los búhos hechiceros. Bëëbusch y su hermano duende se perdieron la oportunidad de ver a la lechuza con sus ojos rojos intermitentes y su ruido de sirena llevarse a mamá bajo la lluvia. Pero eso pasaba cuando se hacía mucho relajo en el día. Quedaban tan cansados que no los despertaba nada ni nadie durante la noche. Dormían como una roca.

Tras el soponcio, los pequeños aprendieron lo que era tener un corazón. Cómo y por qué late dentro del pecho, y cómo se puede dañar si no se cuida comiendo bien y viviendo tranquilos. Entendieron que el corazón debe latir con ritmo, tal como los ritmos de los pies de Papá K y Mamá B cuando bailan la música de la cordillera. Si el ritmo se interrumpe, como una mala canción, la vida se apaga. También aprendieron que en el corazón vive el amor y, por esa razón, a Mamá B no es que se le olviden los nombres de sus hijos cuando les dice todo el día: "mi corazón". Es que cada vez que quiere hablarles o decirles algo, el amor atropella las palabras y se sale antes que el nombre.

La vida después del soponcio parecía distinta. Mamá B visitaba muchos búhos hechiceros para que le diagnosticaran la causa de su mal y sufría de pensar que su corazón se hubiera roto de tristeza por la muerte del abuelo Chema, de cansancio por vivir con tanto afán y por no haber logrado sacar adelante su mina. Con Mamá B enferma no había forma de sobrevivir en el bosque. Solo la familia grande, que vive toda en la cordillera podría ayudarles si a ella le pasara algo, y tal vez, volver a la cordillera era la respuesta. Porque en el bosque no había mucha ayuda. Béébusch no entendía por qué si su madre era el hada más buena del mundo ante sus ojos, le pasaban todos estos eventos tan desafortunados. No entendía la metáfora de la que ella tanto hablaba cuando les decía que las desgracias eran ventanas llenas de luz y que solo con el prisma de una lágrima podía verse el arcoíris. Las desgracias eran difíciles, oscuras e injustas para una pequeña hada abeja que hasta ahora empezaba a vivir la vida.

Pero, por primera, vez la pequeña estaba entendiendo algo fundamental: hay formas de actuar bien, de hacerlo mal y de ejecutar bien lo complicado, por difícil que parezca. Como el "cambis-cambeo", que practicaba con su hermano duende; en lugar de raparle los juguetes que él tomaba sin permiso y empezar una pelea sin fin, Béébusch se tomaba un tiempo de más para llamar su atención sobre otra cosa distinta, mientras ella lo cambiaba por el juguete que tanto quería recuperar. Funcionaba tan perfectamente que podría ser un hechizo antipelea en el libro de magia. Era muy fácil hacer feliz a su hermano duende. Pero también era fácil y casi placentero mortificarlo y hacerlo llorar. En cada día de sus vidas había, por lo menos, un "agarrón". Por todo y nada en especial. Una necesidad de marcar territorio, comparar el cariño de los padres, la fuerza adquirida, las nuevas palabras y su efecto sobre los otros. Como si el espíritu necesitara dejar salir las malas energías y el cansancio acumulado con aquellos que más nos aman y que siempre nos perdonan. Como si el mundo no fuera lo suficientemente enorme para todos, existía esa odiosa necesidad de fastidiar a los otros. Mamá B, a veces, parecía sentir lo mismo por Papá K. Como si las relaciones entre hombres y mujeres fueran un juego de pelota entre "te quiero y no te quiero", permanentemente.

Gracias a una coincidencia, de esas que nunca vienen en vano, los búhos hechiceros descubrieron qué le había pasado a Mamá B. Su enfermedad era culpa de Béébusch, pues le había contagiado un virus que otros niños le habían prendido a ella en la escuela avanzada de magia. El virus, que es como un animal diminuto e invisible ante nuestros ojos que quiere apoderarse del organismo, hizo que tanto la pequeña como su hermano duende tuvieran un poco de fiebre y presentaran un sarpullido rojo escarlata en las mejillas. La enfermedad es muy común en el bosque, pero jamás se había oído hablar de ella en la cordillera. Se llama la "enfermedad de la cachetada", pues las mejillas quedan rojas como si alguien les hubiera pegado. Los pequeños se recuperaron en menos de una semana, pero el virus después decidió irse a vivir calladamente dentro de Mamá B. Sus síntomas eran totalmente distintos, pues ella ya es un hada abeja adulta de cuarenta y tres ciclos de lunas. Los desmayos, los dolores en los huesos y la arritmia de su corazón querían decir que el virus había entrado a su cuerpo para quedarse, y en su cuerpo se quedó durante más tres meses, haciéndola sufrir.

El saber qué padecía, sin tener que temerle más al peor de los diagnósticos, la ayudó a recuperarse rápidamente. El sentir por primera vez en su vida que sus días podían estar contados, la llevaron a apreciar más profundamente lo afortunada que era y de aceptar su primer tropiezo con La Mina sin drama ni melancolía. No era la primera vez que el destino la ponía a prueba, ni la primera vez que demostraría de qué estaba hecha. Ese parecía ser el juego de pelota de "te quiero y no te quiero" del El Creador y las criaturas del planeta. Al parecer, todo mundo en el planeta estaba jugando a lo mismo.

Ya muy pronto llegaría un nuevo verano con sus días primorosos, con chorros de agua para refrescarse las alas, con amigos que van y vienen de visita a la casa de pino y con un paseo maravilloso en águila calva hacia la cordillera, donde está el resto de la familia. Una sobredosis de amor familiar fue la medicina más recomendada por los búhos hechiceros para Mamá B, y de esa solo se conseguía viajando a la cordillera en el verano.

CAPÍTULO 6

Nadie diga mal del día hasta que haya pasado y la noche haya venido

Por Bëëbusch, en el nuevo diario que le regaló su padre para el viaje:

EL DÍA ANTES. EN CUATRO HORAS Y MEDIA EN EL ÁGUILA CALVA, PERO CON UN DÍA COMPLETO DE VIAJE, ESTAREMOS EN LA CORDILLERA DONDE NACIÓ MAMÁ B, JUNTO CON TODA NUESTRA FAMILIA. NOSOTROS VIVIMOS EN EL DESTIERRO. NO POR OBLIGACIÓN, SINO PORQUE ASÍ LO QUISO EL DESTINO. QUIERE DECIR QUE NUESTROS PADRES SE FUERON DE LA TIERRA DONDE NACIERON A VIVIR A OTRO LUGAR Y DEJARON TODO LO QUE ERAN, TENÍAN Y QUERÍAN. QUIZÁS HAYA ALGUNA OTRA RAZÓN QUE NO ME HAN CONTADO. SECRETOS DE ESOS QUE GUARDAN LOS ADULTOS. COMO EL DE CÓMO SE ABRE LA PUERTA DEL HACER EN LA MINA DE MAMÁ B.

Día 1. Llegar a la cordillera es aterrizar en otro universo. Si en nuestro bosque de pino somos de las criaturas más pequeñas, en la cordillera los espacios y las personas se reducen aún más de tamaño; pero las plantas y las frutas son gigantes. Hay más ruido y mucha más gente. Hace frío y el sol quema más duro nuestras mejillas. Huele distinto, se habla distinto y Mamá B se comporta distinto. Nos agarra duro, como si nos fueran a robar, y está siempre alerta. Pero eso sí, a la hora de ver a nuestra familia que va a recogernos al aterrizar el vuelo del águila calva, resplandece de emoción y se le salen unas sonrisas indescriptibles.

Día dos. Tenemos una familia inmensa que siempre nos quiere ver, que nos aprieta durísimo al abrazarnos y nos da delicias para comer. Vamos a la casa donde vivía Papá K cuando era niño, vamos a la casa de Mamá B cuando era niña, vamos a la finca donde están las vacas lecheras y los árboles de feijoa, y a veces, también vamos al mar. Un mar color chocolate de playa oscura que tiene la arena más suave del mundo. Nuestro abuelo Lalo, el papa de Papá K, nació en esa ciudad de la costa llamada Cartagena, y tiene alma caribe. Una ciudad antigua encerrada en un muro de piedra que servía para protegerse del ataque de los piratas. Allí hace mucho más calor. Siempre. En la cordillera no hay estaciones como en nuestro bosque, porque es un lugar que está más cercano a la cintura del planeta. Justo donde se divide la mitad de arriba y la mitad de abajo. Y el calor y el frío se buscan de arriba hacia abajo de las montañas, dependiendo de la cercanía al cielo o al mar. En la playa te acaloras. En la cima de la montaña, te congelas.

En el mar. Cuando vamos a esa playa, la vida es plena relajación. Mamá B descansa como en ningún otro lugar, pues ese trozo de mundo que tienen los abuelos duendes allá es un paraíso montado en palafitos desde donde se puede ver alrededor 360 grados como si voláramos sobre las nubes. Mitad de mar infinito, mitad de ciudad incansable. No hay gallo que cante para levantarnos al amanecer, ni afán de hacer nada. El viento corre feliz por entre todas las ventanas y el mar arrulla como una canción de cuna por la noche.

La mayor parte del tiempo la pasamos en el frío y abrigados con sacos de lana para que no nos dé gripa. El aire de la cordillera pesa más y cuesta trabajo llevarlo a nuestros pulmones. El cielo, a veces, amanece oscuro por la mañana y se agrupa como nube de malas noticias sobre toda la cordillera. También llueve distinto. Con más

Fuerza, más ruido y gotas de mayor tamaño. Y se goza más la vida, diría yo, que en nuestro bosque de pino.

Día ocho. La gente es abrazadora, besadora, bailadora, conversona y metiche. Van diciendo las cosas que piensan sin filtros, y casi nadie se ofende. Que si estás gorda, que si estás flaca, que si te queda bien algo, que si te ves muy mal. Hay consejos y sugerencias flotando por todos lados y chistes por doquier. Cada persona tiene un apodo que muchas veces tiene que ver con algún defecto físico o de personalidad, y cada quien lo asume y acepta con orgullo. Hasta los duendes de piel color chocolate son felices con que les digan que tienen la piel color chocolate. En el bosque eso sería una falta gravísima, digna de expulsión de la escuela de magia. Menuda diferencia.

Día doce. También se habla con diminutivos. Además de que las hadas abeja ya somos pequeñas por naturaleza, el cariño se expresa achicando las palabras para que suenen todavía más amorosas. Por ejemplo, en lugar de decir: "hola, hada, cómo estás de preciosa con ese vestido azul". En la cordillera dirían: "hola, hadita, cómo estás de preciosa con ese vestidito azul". La abuela Connie Joe no gusta de los diminutivos pues le parecen poco sinceros; pero se dicen con gran naturalidad y su uso es contagioso. Ya verás, querido diario, cómo los voy a usar en mi narración de ahora en adelante.

Día catorce. El gozo es una constante en la cordillera. Sin importar las calamidades y la escasez de beneficios respecto a lo que vemos en el bosque, la gente es sencillamente feliz. Si acaso no es feliz con lo que tiene, hace un chiste con su propia desgracia o la desgracia ajena y la tristeza se vuelve diversión. Nuestro papá duende es un experto en eso, y es la persona que más nos hace reír. Mucho. Nos hace reír todos los días de la vida, y Mamá B lo adora por ello.

Día quince. Hace muchos años, nos cuentan nuestros padres, se corría mucho peligro en la cordillera y la gente salía de su casa sin saber si iba a regresar. Bolas de fuego caían del cielo y mataban a miles de inocentes. Los ogros robaban personas y niños y las escondían en la selva, lejos de sus familias. Si las familias no les daban el oro que ellos tanto querían, jamás volvían a ver a sus seres queridos. Cuando Mamá B era niña, vivía muy protegida: de los peligros de calle, de los peligros de la vida y de los malos amigos. Pero tanta fue la protección y la falta de entrenamiento que terminó escogiendo un amor equivocado del que afortunadamente se separó, para que nuestra familia existiera.

Día dieciséis. Cuesta imaginarse que Mamá B haya sido alguna vez esposa de otro ser. Da temor pensar que algún día se encuentre con ese zángano en la cordillera y decida quererlo otra vez y dejarnos abandonados a Papá K y a nosotros, sus hijos. Se siente bien saber que el único sueño por el que Mamá B estaba dispuesta a dejarlo todo en la cordillera era el de ser madre y tener una familia. Gracias a esa tenacidad, existimos. Ella nunca ha vuelto a mencionar su nombre, el del zángano aquel al que se refiere con una de esas palabras irrepetibles. Ni siquiera se las dice a miembros de la familia. Hay un pedazo

DE SU CORAZÓN QUE QUEDÓ PARALIZADO Y NO VALE LA PENA RECORDARLO. YA SÉ POR QUÉ MAMÁ B ME LO DICE, ME LO REPITE Y ME LO SEGUIRÁ REPITIENDO, QUE LOS HOMBRES VAN A SER RESPONSABLES DE LOS MAYORES PROBLEMAS DE MI VIDA. YO YA ESTOY ENTRENANDO EN CÓMO RESOLVERLOS CON MI "HERMANITO" (SUENAN BIEN LOS DIMINUTIVOS DE LA CORDILLERA). PERO PARECE SER QUE CUANDO LOS HOMBRES NO SON DE LA FAMILIA, LOS PROBLEMAS SE REVUELVEN CON PASIÓN Y SE TRIPLICAN. SOBRE LA PASIÓN, LA VERDAD, ENTIENDO MUY POQUITO. MAMÁ B SOLO ME INSISTE EN QUE NO ME ENAMORE DE UN ZÁNGANO Y QUE HAGA CASO CUANDO ME DIGAN QUE ALGÚN AMOR NO ME CONVIENE. ELLA, POR SUPUESTO, NO HIZO CASO. NI AL ABUELO CHEMA NI A LA ABUELA CONNIE JOE NI A LA TÍA JULIANA —LA MEJOR Y MÁS GRANDE DE SUS AMIGAS HADAS—, QUE LA CONOCE COMO LA PALMA DE SU MANO. LAS HADAS Y LOS DUENDES ESTÁN HECHOS LOS UNOS PARA LOS OTROS; LOS ZÁNGANOS Y LAS HADAS ABEJAS, NO.

DÍA VEINTE. CONSIDERANDO TANTAS COSAS QUE HAN PASADO EN LA CORDILLERA, DÍAS DE OSCURIDAD CONTRA LOS QUE SE PUEDEN COMPARAR LOS DÍAS DE SOL, LA GENTE SABE GOZARSE LOS PLACERES SIMPLES DE LA VIDA, COMO NO SABEN NUESTROS AMIGOS DEL BOSQUE. OJALÁ PUDIERA YO ENSEÑARLES CON MI MAGIA. OJALÁ CON MI EJEMPLO PUDIERAN ENTENDER QUE NO TODOS LOS FORASTEROS QUE LOS VISITAN ESTÁN PARA ROBARLES LO QUE LES PERTENECE.

DÍA VEINTIUNO. CADA NOCHE LEJOS DE NUESTRA CASA DE PINO ES UNA NOCHE DE NOSTALGIA. SE QUIERE ESTAR Y PERMANECER ALLÍ EN LA CORDILLERA Y TAMBIÉN SE QUIERE VOLVER

RÁPIDAMENTE AL BOSQUE. A VECES ABRUMAN LAS DIFERENCIAS Y EL BULLICIO, Y SE EXTRAÑA MUCHO LA CALMA. FALTANDO POCOS DÍAS PARA EL REGRESO, NO QUEDA MÁS REMEDIO QUE ACUMULAR TODAS LAS COSAS NEGATIVAS DEL VIAJE PARA QUE LA DESPEDIDA NO DUELA TANTO.

CAPÍTULO 7

Ayúdate que yo te ayudaré

Puede decirse, sin temor a equivocarse, que una de las grandes diferencias entre el bosque y la cordillera es la presencia de las hormigas en la vida diaria de hadas y duendes. Mientras en el bosque se es autosuficiente y existe la cultura de "hazlo tú mismo", en la cordillera siempre hay una hormiga dispuesta a hacerlo todo por los demás. Actividades tan simples como tender la cama, lavar la ropa, hacer la comida y lavar los platos son responsabilidad de las hormigas. Es un trabajo de tiempo completo que no existe en el bosque, y por realizarlo, se pagan muy pocos granos de oro. Por un mes de servicios, una hormiga doméstica recibe lo que Mamá B cobra por solo pulir un anillo pequeño de oro. Claro, en la cordillera todo es mucho más económico. Bëëbusch y su hermano duende entrenan desde pequeños a cuidarse solos, de forma que no pidan ayuda a nadie para hacer las tareas básicas de la vida diaria. La gran mayoría las hacía Mamá B en la casa mientras los pequeños iban aprendiendo poco a poco, incluyendo Papá K. Él fue entrenado para ser un duende proveedor, rodeado de una colonia de hormigas. Su llegada al bosque lo sorprendió sin poder contratar alguna. No solo porque no alcanzaban los granos de oro, sino porque el concepto del insecto sirviente no existe.

Mamá B sabía hacerlo todo sola: ser madre, cuidar la casa, y además, trabajar; pero Papá K no le ayudaba mucho. Como no lo aprendió de niño, se volvía un  "ocho" sin saber cómo manejar las manotas que tiene. Béébusch lo observaba muy atentamente y no entendía por qué tantas tareas para las hadas. Servir es una forma de amar, pero cuando no era reconocida y retribuida con afecto, se volvía una carga insoportable. Ella veía a su madre cuidando, limpiando y arreglando su mundo para dejarlo igual o mejor de lo que estaba antes, aunque también era consciente de la rapidez y facilidad con que la familia lograba destruir su trabajo en cinco minutos, sin intención, la gran mayoría de las veces. El orden era y será una forma de arte para ella. El desorden era la forma de contestarle que su arte no importaba. Eso estaba muy mal. Aunque Béébusch aún no sabía las razones por la cuales sus alas eran difusas y no cumplían con su propósito primordial de permitirle volar, se entretenía pensando que si las hadas pudieran volar y hacer su magia mucho más rápido, el planeta sería mucho mejor. Era frustrante que nadie hubiera podido explicarle satisfactoriamente las razones por las cuales las alas no funcionan. Ella misma había tratado con todo su corazón y todas sus fuerzas de moverlas y lo único que conseguía era sentir la rabia necesaria para cargar el aguijón. En otras ocasiones, pujaba con tal empeño que solo lograba producir el tipo de combustible que necesitaba Papá K para operar su GTB.

En la cordillera, cada hada depende de una hormiga, o dos, para el cuidado de su casa. Era un tema recurrente del que hablaba todo el mundo. La gran mayoría de las veces, con críticas no muy agradables, delirios de grandeza y arribismo. Cuando Mamá B era un hada niña, había crecido con dos hormigas que incluso dormían en su propia casa. Hormigas adolescentes que venían de muy arriba de la cordillera, donde no había ninguna escuela a la que pudieran asistir. Tenían sus literas en un rincón de la planta baja, y mientras Rosa María se encargaba de todo lo relacionado con la cocina y el cuidado de la ropa, Yolanda se encargaba de cuidar todo lo demás en la casa. Trabajaban seis días a la semana con solo un día libre. No tenían otra alternativa que servir en casa de una familia que les pudiera pagar con granos de oro, darles posada y alimentarlas. "Ojalá tuvieran otras oportunidades de aprender y crecer", pensaba Béé-busch cada vez que las miraba hacer sus quehaceres, sin descanso alguno.

Muchas hadas amigas y familiares de Mamá B le preguntaban con frecuencia cómo se le había ocurrió irse a vivir al bosque, donde no hay hormigas que ayuden en el servicio doméstico, como si no pudieran concebir la vida sin que alguien estuviese presente para recogerles el desorden, alimentarlas, llevarlas o traerlas. Como si prepararse los propios alimentos y limpiar fuera una actividad denigrante para los seres de magia. ¡Muy al contrario, los enaltecen y nadie lo entiende! La disciplina de ser autosuficiente en el cuidado del propio ser y la morada, sin tener que pagar ni

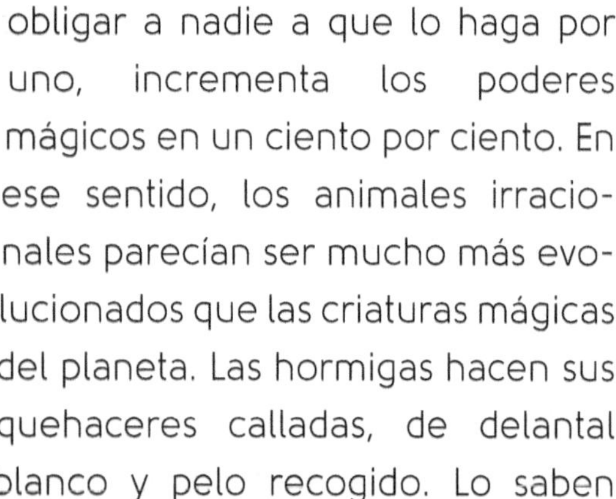

obligar a nadie a que lo haga por uno, incrementa los poderes mágicos en un ciento por ciento. En ese sentido, los animales irracionales parecían ser mucho más evolucionados que las criaturas mágicas del planeta. Las hormigas hacen sus quehaceres calladas, de delantal blanco y pelo recogido. Lo saben todo de las familias con las cuales trabajan, pero no pueden opinar mucho. Limpian pisos de mármol, pero duermen en pisos de tierra. Había en la naturaleza de cualquier hembra del planeta una necesidad innata de cuidar y servir, que los machos tenían total y absolutamente malentendida. Eso estaba muy mal, y la pequeña hada abeja lo tenía claro.

Bêëbusch y su hermano duende estaban acostumbrados a ayudar mucho a Mamá B en el bosque, pero en menos de una semana en la cordillera se entregaban sin oponer resistencia a la conveniencia de tener servicio y se convertían en unos vagos consentidos. Un placer de corta duración.

En el bosque también había hormigas. Se les veía poco, porque generalmente llegaban por entre sus túneles subterráneos a limpiar cuando nadie estaba en casa; invisibles, por así decirlo, en sentido figurado. Mamá B recibía ayuda dos veces al mes de una familia de hormigas. Ellas llegaban en grupos de a dos o cuatro, y arreglaban la casa de pino a una velocidad impresionante. Algunas de ellas hacían parte de un grupo llamado los "sin permiso". Habían llegado a vivir al bosque sin el permiso de los gobernantes, y no eran bien recibidas. Habían sobrevivido a las aventuras más tenebrosas para cruzar las fronteras y poder vivir en el bosque, porque en el lugar de donde venían no había con qué alimentar a sus familias. Cruzaban desiertos, cavaban túneles, nadaban ríos con cocodrilos y caminaban días enteros para poder llegar al bosque. Muchos preferían estar en el bosque "sin permiso" que volver a su lugar de origen, donde escaseaban tanto los alimentos y perder la vida era cosa de todos los días. Algunas hormigas adultas trabajaban en el bosque para poder enviarles granos de oro a sus hijos en tierras lejanas. Pagaban el precio de su ausencia para poderles dar mejor vida a sus descendientes. Ausencia que en algunos casos dura una vida entera.

Mamá B tuvo que pedir permiso a los gobernantes del bosque para poder vivir y trabajar en el territorio cuando se casó con Papá K y dejó su cordillera. Papá K no necesitaba autorización, puesto que el bosque es su lugar de nacimiento. Béébusch y su hermano duende eran seres del bosque. Mamá B y Papá K son seres de dos mundos y pueden vivir en el uno y en el otro si lo quisieran. No fue tarea fácil para Mamá B ser un hada abeja "con permiso". No solo porque de su cordillera habían venido unos zánganos malos a cometer delitos al bosque, haciendo que los gobernantes desconfiaran de la gente del monte para siempre, sino porque precisamente justo en el ciclo de lunas en el que llegó Mamá B unos ogros del oriente lanzaron bolas de fuego y mataron a muchas personas inocentes en la ciudad de la gran manzana. Aquello cambió para siempre el tema de los "con permiso" y de los "sin permiso". El temor y la paranoia de que algún forastero solo emigrara al bosque para hacer daño o abusar de los beneficios mágicos sin dar nada a cambio, era parte de la vida diaria.

La familia de hormigas que ayudan a cuidar la casa de pino logró finalmente estar "con permiso", solo porque una hormiga "sin permiso" se enamoró de un hormigo "con permiso". Tras verificar que el amor era verdadero, los gobernantes les dieron la autorización de convertirse en seres del bosque, trabajar y tener una familia. Algunos otros lo han logrado ganándose una lotería. Una gran mayoría han sido descubiertos por los gobernantes, detenidos y enviados de regreso a su tierra de origen en un vuelo de águila calva. Cuando esto sucede, las crías que ya han nacido en el bosque se quedan solas sin sus padres en esta tierra forastera. Cuesta mucho comprender las diferencias tan grandes entre dos lugares de un mismo planeta si al final todos comparten el mismo sol y necesitan la misma agua para sobrevivir.

CAPÍTULO 8

El que tenga tienda, que la atienda

Era la última noche en la cordillera antes de volver al bosque en vuelo de águila calva y era muy difícil dormir. Toda la familia sufría de un síndrome previo al viaje que los llenaba de nostalgia y angustia. Debían iniciar el viaje antes de que saliera el sol, esperar muchas horas, dormir muy poco y prepararse para cambiar de vida e idioma en un abrir y cerrar de ojos. Béébusch creía en que debería haber una pócima mágica para lograr esa transición sin dolor en el alma. Si los adultos tomaban pócimas de jugo de uva o agua hirviente de anís en la noche para apaciguar los nervios, ¿por qué no las compartían con los niños? La pequeña bien sabía que esas pócimas eran más un veneno que un hechizo, porque iban acabando con la inteligencia y la memoria; pero también era un hecho que ayudaban a ahogar las tristezas cuando eran demasiado profundas.

Los abrazos de despedida siempre eran amargos y cortos. Mamá B deambularía con la cabeza baja y mirando al piso para no encontrarse con los ojos de ninguno de aquellos que los acompañara a tomar el vuelo de águila, porque si se los encontraba, terminaría llorando pues despedirse era realmente difícil, pese a la práctica y los muchos "ires y venires". Y dolía como pegarse en el codo. Esa nube negra de sentirse desterrada rondaría varios días sobre su cabeza sin dejarla ver el sol. Pero las muchas galguerías traídas entre el equipaje ayudaban a mitigar la nostalgia con sabores de la propia tierra.

Los vuelos en águila calva eran divertidos. Mamá B preparaba mil y una entretenciones para los niños; pero cuando el viaje era de regreso al bosque, generalmente caían profundamente dormidos. Como por arte de magia, despertaban cuatro horas después en su otro mundo, donde las cosas familiares se veían totalmente distintas. Porque como repetía Mamá B, las comparaciones eran odiosas, mas necesarias. En el bosque todo era mucho más grande, pero mucho más solitario. Era territorio familiar y los pequeños sentían una sensación reconfortante.

Diario de Bëëbusch

Día de regreso al bosque. Mamá B está más lista que ninguno de nosotros para regresar a nuestra casa de pino y a La Mina. Tras visitar su viejo mundo en la cordillera, recordó de dónde venía su magia y retornó llena de positivismo y buena energía. Ella saca adelante todo lo que se inventa y consigue todo lo que se propone. Sabe reconocer cuándo algo no funciona, darle la vuelta y orientarlo en otra exitosa dirección. La gran diferencia es que cuando no tenía una familia propia, podía hacerlo todo sola; pero ahora necesitaba ayuda para poder sacar adelante su trabajo y no descuidar a su familia. El problema radica en que mi superpoderosa madre tiene grandes dificultades para pedir ayuda. Como yo. No solo porque cree que solo ella puede hacerlo todo bien —cosa que puede ser cierta en la mayoría de los casos—, sino porque honestamente no se siente bien molestando a nadie. Las hadas abejas sabemos con precisión el trabajo que nos corresponde, e incomodar a las demás desbalancea las leyes de la naturaleza. Pero fuera del panal, desterradas y con las alas difusas, debemos adaptarnos a lo que sea necesario para la sobrevivencia.

Bėėbusch aún llevaba "entre pecho y espalda" aquella noche de angustia en el fatídico día que Mamá B cumplió sus cuarenta y tres ciclos de lunas, el momento en el que llegaron los columnogramas calcinados al palomar y el sueño de tener un negocio propio se desvanecía entre las manos de su madre. Aquella noche, la pequeña hada abeja le había ofrecido a su madre ayuda para consolarla, y era precisamente ayuda lo que su madre iba a aceptar y a pedir a sus mejores aliados. A lo largo de los muchos años que llevaba viviendo en el bosque, Mamá B había conocido muchos otros joyeros con los que había trabajado en la fabricación de amuletos. Del mar Mediterráneo, de países del Oriente y de las Indias orientales. La gran mayoría, forasteros como ella, y algunos pocos cuervos nativos del bosque. En comparación con el trabajo que alguna vez hizo en la cordillera, diseñando casas y edificios, la fabricación de joyas era hecha en una escala mucho más pequeña —diminuta, por así decirlo—; pero igual de compleja. Los recintos o amuletos creados por Mamá B, a pesar de la diferencia sustancial en escala, compartían un valor comparable para los seres mágicos. Albergaban la vida o la celebraban. Su construcción y fabricación era un proceso tanto técnico como científico; utilizaban los materiales más durables y valiosos del planeta, y al final, representaban la persona que la poseía y sus poderes mágicos de una forma ejemplar. Parecía ser que crear un recinto tardaba mucho tiempo y muchos dolores de cabeza, especialmente en la cordillera, donde la tierra se sacudía con frecuencia y las casas debían estar amarradas al subsuelo con cables de acero. Fabricar una joya, por el contrario, era un proceso más corto y el amuleto podía durar mucho más tiempo. Podía pasar de generación en generación, transmitiendo la energía de quien se lo había puesto. Tal como las esmeraldas de la tatarabuela de Papá K —por demás, llamada la Tátara B—, que pertenecen a Bëëbusch; pero las usa Mamá B mientras la pequeña está en edad de apreciarlas y cuidarlas como se merecen.

Diario de Béébusch

Sobre las piedras preciosas. Los diamantes y las piedras preciosas nacieron hace millones de ciclos de lunas, cuando los continentes aún se estaban formando. Los metales preciosos pueden ser fundidos, reciclados y transformados incesantemente. Los amuletos, en cualquier forma, generalmente son objetos de arte cargados de magia que se llevan sobre la piel como si fueran parte del propio cuerpo. Son los objetos más pequeños y más valiosos diseñados para hadas y duendes. Producen una fascinación que, a veces, cuesta explicar. Miniaturas casi indestructibles que no se necesitan para sobrevivir, pero que todo el mundo quisiera poseer.

El plan de Mamá B estaba genial. Iba a trabajar en asociación con sus colegas favoritos, incluyendo un cuervo del que a veces desconfiaba, de modo que las ganancias los beneficiaran a todos y ella pudiera seguir dedicándose también a Béébusch y a su hermano duende. La cámara del crear iba a ser solo suya. A pesar de que conocía sus habilidades comerciales y organizaciones, crear como lo hace El Creador, que vive en las estrellas, era la satisfacción más grande de su vida. Así, iba a crear de dos formas: continuaría trabajando con los joyeros artesanos, haciendo amuletos personalizados, especialmente diseñados para un hada o un duende en particular; pero también iba a tener su propia línea de amuletos sanadores. Con los joyeros artesanos disfrutaba enormemente salir de la casa de pino hacia el valle y más allá del lago que nos rodea, trabajar con el señor Kresl, su mejor colega y amigo, y continuar dise-ñando para los seres del bosque que necesitan una magia única para sub-sistir en su mundo. Con su propia línea de amuletos sanadores, iba a ayudar a los seres, que como ella, viven en la dualidad de dos mundos y necesitan toda la buena energía posible para  balancer sus energías y la bipolaridad cultural de la que todos, absolutamente todos los desterrados, padecen.

En la cámara del hacer iba a trabajar de dos formas: primordialmente con su hermano Bao, un duende de oriente, musculoso y de ojos rasgados, con el que iba a continuar fabricando los diseños de los joyeros artesanos. El afecto de Mamá B por Bao era inmenso, y por eso, lo consideraba casi su hermano. Aunque venían de dos mundos lejanos y distintos, llegaron de forasteros a este bosque a quedarse y a trabajar duro. Ambos llevaban esos "dos mundos" en el alma desde donde les era posible comparar y apreciar todas las diferencias. Bao era un orfebre fabuloso manipulando los metales y montando los diamantes y las piedras preciosas. Llevaban ya tanto tiempo trabajando juntos que entendían —sin hablarse entre ellos— qué hacer con cualquier amuleto y con cualquier problema. Lo manual de fabricar joyas requería gran precisión e ingenio en la solución de problemas, dependiendo del comportamiento de los metales. Por ello, trabajar en equipo, era siempre una ventaja. Por otro lado, y tal como empezó en el mundo de la joyería, Mamá B iba a trabajar personalmente en la cámara del hacer en La Mina y regresar a crear los amuletos con sus propias manos. Volver al banco a fundir, cortar, limar y pulir metales; montar piedras, y ensartar cuentas. Además, ella sabía hacerlo como ningún otro en el bosque o la cordillera. La inmensidad de su conocimiento, sus habilidades artísticas, técnicas y manuales eran algo extraordinario, pues había entrenado la vida entera y sin descanso para ser lo mejor de ella misma, como quizás lo iba a ser Bëëbusch cuando descubriera su verdadera vocación. En ese sentido, era una madre muy estricta con sus hijos. Ella insistía sin cansancio en que la educación era un regalo, una ventaja y una varita mágica, todo en uno. Sus pequeños aún no entendían bien el significado de sus palabras y se resistían a la presión que ejercía su madre sobre ellos cuando los forzaba a alcanzar la excelencia.

En la cámara del dar iba a pedir ayuda y a dejar de lado la modestia con la que creció en su cordillera. Iba a hablar de sus talentos, su conocimiento y su arte sin escatimar, e iba a promover su magia por todos los rincones del planeta. Bosques, cordilleras, costas y lagos. Iba aprender más, a esforzarse más y a trascender las fronteras de sus dos mundos. Iba a hablar en español y en anglosajón para que la magia de los amuletos llegara aún más lejos. Iba a ser madre y hada abeja trabajadora, sin remordimientos. De a dos en dos, como dos son sus ojos, sus brazos y sus piernas. Como dos sus manos, sus idiomas y oficios. Como dos sus maridos, sus padres, sus críos. Como las dos letras B y E de su pequeña Béébusch, a quien se le iluminaron por primera vez las puntas de sus antenas cuando comprendió la importancia del número dos y el significado que tiene en su propio nombre y en la vida de su madre. La pequeña no sabía que aquello también podía suceder como con su aguijón ante el peligro. Sus antenas también tenían una razón de ser y se activaban con bioluminiscencia ¡Eran un indicador de epifanías!

CAPÍTULO 9

La tercera es la vencida

Un detalle muy sutil de la vida diaria de Bëëbusch y su madre eran las trenzas. Cada mañana, la pequeña se sentaba de espaldas a su madre mientras se tomaba su primera bebida y Mamá B arreglaba su pelo largo con mil variedades de trenzas. Casi todos los días, las adornaba con lazos rojos para complementar, por contraste, los vestidos azul pastel que tanto le gustaban a la pequeña hada abeja. Curiosamente, esos dos colores favoritos de la infancia de Mamá B se convirtieron en las dos piedras de nacimiento de sus pequeños: aguamarina, del color del cielo, para Bëëbusch, nacida en marzo, y granate rojo apasionado para su hermano duende, nacido en enero. Una premonición de su futuro. Tal como los colores que tapizaban las sillas de la sala de la abuela Connie Joe, Mamá B recordaba con deleite que esas sillas solo se usaban en ocasiones especiales, pero en su patrón a rayas, las fibras se podían peinar con el dedo como plumas de pato. Dependiendo de la dirección en la que se peinaran, el tono de los colores azules y rojos era distinto. Imágenes a color de la niñez, en especial de objetivos difíciles de alcanzar, convertidos en recuerdos imborrables.

Mamá B también peinó a su hermana menor, María J, hasta el preciso día en que cumplió quince ciclos de lunas; así como a las primas y a todas sus amigas. Y todos los días se peina a sí misma con una trenza larga que le tapa el corazón y termina en un rizo perfecto dentro del cual el pequeño duende se hipnotiza metiendo su dedo índice y sintiendo la suavidad deliciosa del pelo de su madre. En la vida tan ocupada del bosque es muy difícil andar con el pelo suelto, enredado entre las alas, al igual que dejarlo caer entre quilates de piedras preciosas, y correr el riesgo de quemarlo con el soplete de fundición o la hornilla de gas de la cocina.

Después de mucho tratar de encontrar el momento perfecto para peinar a Bëëbusch antes de salir a la escuela avanzada de magia, finalmente descubrieron que la hora más indicada era en su desayuno. Arriar a Papá K y la pequeña hada para que fueran más veloces en la mañana, era muy difícil. Sufrían de "tortuguismo" mañanero y no parecía haber cura alguna. El letargo era tan parte de su personalidad como las antenas. Ya habían ensayado a peinarla justo des-  pués del baño, sen- tada en el tocador después de vestirse o cuando su hermano se ponía las medias antes de bajar al comedor. Solo mientras se quedaba quieta y callada "embutiéndose" el desayuno, en el último momento y justo antes de salir corriendo a la escuela, se lograba la trenza diaria y su famoso lazo rojo en la punta. Cuando había tiempo de sobra, el discurso del desayuno siempre era el mismo...

—¿Sabes que la vida es como una trenza? —preguntaba Mamá B con demasiada frecuencia, esperando que a fuerza de repetición otro concepto se grabara por siempre en la mente de sus hijos.

—Es la fórmula matemática de la perseverancia —añadió—. Una forma de probar si los planes que nos inventamos los seres mágicos son los mismos que el destino ha preparado para nosotros. Verás, una trenza está hecha de tres mechones de pelo que se van tejiendo hacia el centro, uno sobre el otro (usando el pelo de su propia hija trataba de ilustrarle al pequeño duende el concepto). Es una danza entre el mechón de arriba y el mechón de abajo, concentrada en un objetivo. Mira, es preferible que los mechones tengan el mismo grosor y se tejan con ritmo para evitar que el pelo quede demasiado templado o suelto. Si tratas con un solo mechón, pues mejor sería hacer una simple "cola de caballo". Si tratas con dos mechones, jamás lograrías sujetar el pelo sin que la gravedad obligara el cordón a desenvolverse. Pero al hacer la trenza con tres mechones del mismo tamaño, todo fluye produciendo un resultado funcional y estético.

Eso es lo que Mamá B quería que sus niños comprendieran: cualquier propósito debía tratarse no una, ni dos, sino hasta tres veces antes de medir los resultados. Luchar por todo cuanto se quiere, pero entender que muchas veces, cuando algo no conviene, no se puede seguir tratando. Los duendes, por ejemplo, no tienen el pelo largo y si acaso se deciden a tenerlo, no lo manejan con la misma gracia que las hadas. El pelo largo es a las hadas lo que los pétalos son a las flores. Mamá B, de niña, tuvo el pelo corto y no logró hacerlo crecer lo suficiente antes de que su propia madre se lo cortara de nuevo. En ese entonces era la moda que las hadas tuvieran el pelo corto tipo totumo, como quien pone un tazón de sopa sobre la cabeza y corta el pelo que se asoma con las tijeras. Conveniente, por supuesto; pero bonito no era. El pelo largo es tan parte de la feminidad como un vientre procreador. Balancea la temperatura y las energías electromagnéticas y conecta el ser con la madre tierra. Algunas hadas modernas lo usan tan corto como el de un duende, por el cansancio de tener que lidiar con el cepillo; pero, aunque lo niegan, saben que sus poderes, sin duda, disminuyen. Por fortuna, y como bien dice Mamá B, el pelo todo lo perdona. Si se corta, crece. Si se tintura, recupera su color original. Bien podría considerarse el más fiel de los amigos.

Diario de Béébusch:

Sobre la belleza. En materia de belleza ya me han explicado casi todas las complicaciones. De nuestro pelo largo no nos podemos quejar. Pero, al parecer, hay otros pelos por venir que no debemos dejar ver, porque espantan a los duendes y debemos podarlos permanentemente como arbustos en primavera. También podemos pintarnos los labios y los cachetes, para que se vean aún más colorados, pero mesuradamente para no parecer peces payasos. Podemos usar tacones para vernos más altas, aunque al paso que vamos creciendo mi hermano duende y yo en esta casa, vamos a querer precisamente todo lo contrario. Tenemos las piernas más largas del bosque y somos más altos que todos nuestros compañeros de la misma edad. Curiosamente, todo crece demasiado en nuestra casa de pino. Como si hubiera un conjuro con tendencia a la longitud del que no sabemos. Las

Plantas se estiran por las paredes, las hojas se alargan y hasta los cactus crecen hacia arriba, en lugar de hacia los lados.

Cuando sea mayor, mi hermano duende va a tener mucho pelo en la cara y en el cuerpo. Como Papá K, muy seguramente. Es una lástima que los duendes no dejen crecer su barba de forma que también puedan hacerse una trenza y volverla un objeto decorativo. Me cuesta entender la necesidad de remover algo que crece tan naturalmente todos los días. Como si castigáramos nuestro propio cuerpo, que lleva miles de años evolucionando y que, tal vez, sabe más que nosotros lo que nos conviene.

Quizás si los duendes se hicieran trenzas desde niños, pudieran lograr la misma destreza con la mano que poseemos las hadas. Es como si ellos fueran los reyes de la motricidad gruesa —casi salvaje—, y nosotras, las reinas de la motricidad fina. Tal vez El Creador nos hizo diferentes con ese propósito, pero en la escuela de magia resulta frustrante. Nosotras las hadas no entendemos a los duendes y ellos tampoco nos entienden a nosotras. Yo, muchas veces, pienso que nuestro Creador —al cual generalmente imaginamos siendo un ser único— es una mujer. Quizás sea una pareja de hombre y mujer, y a veces tiene mucho

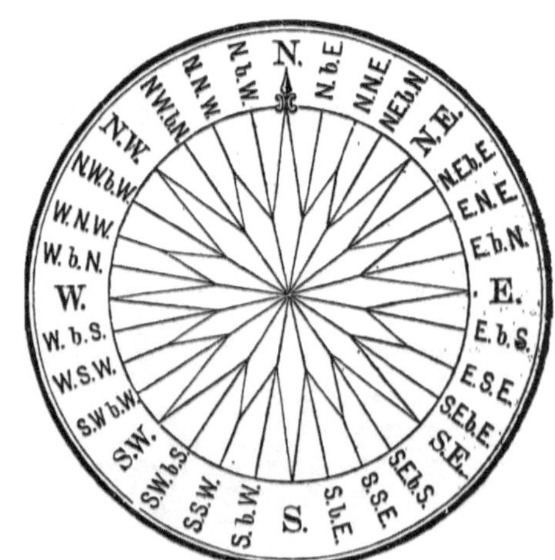

Más sentido pensar que sea un equipo de trabajo gigantesco manteniendo el balance de este mundo tan perfecto en el que vivimos.

Mamá B siempre ha tenido el pelo largo, o por lo menos, yo así la recuerdo. Sé que cuando yo ni siquiera caminaba, se lo halé tanto que un día salió corriendo a cortárselo. Y mientras se lo cortaba, sintió una tristeza tan profunda que se agarró el último mechón largo del lazo izquierdo, arrepentida de lo que había hecho. Y ese mechón, que le llegaba al ombligo, se convirtió en una trenza delgadita que se quedó esperando a que creciera el resto. Esperó cuatro ciclos de lunas y hasta cinco; pero ese día nunca llegó. Mamá B cortó la trenza en un momento de intenso dolor y ahora vive con el abuelo Chema entre el polvo de estrellas que hoy es su cuerpo. Junto a esa trenza también están dos de los primeros mechones de pelo de cada uno de nosotros sus hijos. Ella sueña en secreto con el día en que de un pelo se pueda rehacer el abuelo con toda la nueva magia que se descubre a diario en este bosque. Sé que tiene guardado su último cepillo de pelo en La Mina con siete hebras plateadas de su cabeza.

Al final, nuestro pelo todo lo perdona, como el amor, y como el amor que perdona casi siempre, crece aún más sano y fuerte.

WESTERN HEMISPHERE
NORTH POLE
GREENLAND
ASIA
NORTH AMERICA
NORTH PACIFIC OCEAN
NORTH ATLANTIC OCEAN
SANDWICH ISLANDS
MEXICO
EQUATOR
COLOMBIA
SOUTH PACIFIC OCEAN
SOUTH AMERICA
BRAZIL
SOUTH ATLANTIC OCEAN
SOUTHERN
ANTARCTIC
SOUTH POLE

CAPÍTULO 10
En la igualdad está la felicidad

Solo aquellos quienes lo han vivido saben qué significa vivir entre dos idiomas. Teniendo las palabras listas en anglosajón o en español en la punta de la lengua, equivocándose e interpretando modismos, disculpándose por barbaridades dichas en el segundo idioma, y errores cometidos en la lengua madre que jamás se hubieran creído posibles. Pero el cerebro es así. Se acostumbra a hablar más rápida y cortamente en anglosajón, y los esfuerzos por hablar solo español en la casa del bosque son cada día más difíciles. Papá K y Mamá B se pasan el día negándose a contestar preguntas si no vienen hechas en la lengua de la cordillera. Dicen que es lo mejor para los niños, pues idioma que no se usa, se pierde. Mamá B decidió describir nuestra situación como "medianía" o síndrome asintomático de bipolaridad cultural. Un algo de lo que padecemos con pequeños dolores ocasionales y que debemos curar con risa y sentido del humor, si es necesario. No hay otra opción.

Es un privilegio esto de tener dos vidas, extrañar y comparar. Como quien compara el mundo antes o después de tener espejuelos. La abuela Connie Joe cree que las comparaciones son odiosas, pero Mamá B está segura de que son necesarias. Para apreciar lo que se tiene o se tuvo, el calor del frío y la luz de la oscuridad, sin ir más lejos. Aquellos amigos del bosque que solo hablan anglosajón o un solo idioma en general, nos entienden poco, puesto que no conocen la diferencia. Es imposible explicar cómo se siente la felicidad que da viajar a zambullirse en el amor de la familia de origen en la cordillera y la felicidad que da regresar al hogar propio. Un bosque solitario pero lleno de la magia que una familia de hadas y duendes ha podido construir al otro lado del océano.

Diario de Béébusch

Sobre el trabajo de las hadas y duendes. Papá K tiene negocios en la cordillera, y parecen muy importantes, porque gracias a ellos tenemos la mayoría de las cosas materiales que necesitamos. Sin el trabajo de joyera de Mamá B, podríamos vivir; pero sin el trabajo de Papá K no, aunque no estoy segura. Al parecer, eso pasa en la mayoría de las familias. Son los duendes y no las hadas los que reciben más monedas de oro a cambio de su trabajo, aun cuando trabajen exactamente en lo mismo. Yo sé —como sé que me llamo Béébusch— que

Mamá B tuvo una vida secreta en la cual pasaba todo lo contrario: ella era la proveedora de su viejo hogar. Sin embargo, esa vida está cargada de recuerdos dolorosos que reaparecen cuando va a la cordillera y eso la hace estremecer y callar. Fue esa vida la que decidió dejar de lado para lograr su sueño de ser madre.

Cada vez que Bëébusch trata de averiguar sobre el pasado de su madre con el zángano que estuvo casado con ella, los ojos de su madre tratan de anegarse de lágrimas, a pesar de los esfuerzos sobrehumanos de Mamá B por no hacerlo. Con la inundación de ojos de su madre, la pequeña muere de tristeza y se le contagian las ganas de llorar. Luego su hermano duende se contagia también, y él, que conoce poco de discreción y control, llora por los tres. Así es como Bëébusch cada vez pregunta menos, para evitar la secuencia de este drama, que ya conoce demasiado. El pasado es mejor dejarlo encerrado con llave en el corazón, y no dejarlo salir a perturbar el presente, que al final es lo único que cuenta.

Este fin de semana va a ser especialmente divertido, pues por primera vez había invitados a la casa de pino, no solo como clientes de La Mina, sino como amigos, en plan de socializar y pasar un rato divertido. En la creación de amuletos había que intercambiar tanta información personal, de lo profundo del alma de donde nacía la magia, que Mamá B terminaba no solo coleccionando clientes, sino ampliando su círculo de buenos amigos. Bëébusch estaba muy emocionada con la visita de su amiga Clara. Sus papás también venían de la cordillera y Mamá B había aprovechado la ocasión para invitarlos a cenar. Iba a poner la mesa en el vestíbulo de La Mina y hacer de este primer encargo una celebración, tal como lo hacía en cada momento significativo de la vida. En esta ocasión, le enseñó a Béébusch cómo vestir y poner

la mesa, y ambas se pusieron en la tarea de sacar la vajilla y los cubiertos de plata. Mientras la pequeña hada abeja ponía en su lugar cada plato, Mamá B le puso los espejuelos de aumento que se usan para joyería y le pidió a su hija que mirara los platos más de cerca. Lo que parecía un marco corriente color azul marino con hojilla de oro se transformó bajo la lupa en un mundo lleno de hadas, duendes y símbolos que nunca había visto antes. Un círculo que contaba una historia donde la tierra y las hojas de los árboles eran azules y no verdes. Era un patrón geométrico que parecía moverse, girando hacia la derecha y hacia la izquierda, creando una ilusión óptica increíble. Béébusch quedó con su boca abierta. Sus ojos gigantes bajo los espejuelos de lupa buscaban en su madre explicaciones, pero no había tiempo suficiente de contarle esa historia. Mamá B bien sabía que había sembrado una semilla de curiosidad y que su hija tarde o temprano encontraría las respuestas. La ceremonia de poner la mesa para los invitados tenía un encanto demasiado especial en la casa de pino. Era como un acto de gratitud por adelantado. Reconociendo los antepasados que nos heredaron o regalaron los platos y los cubiertos, honrando a los invitados que nos complacerían con su presencia y agradeciendo a El Creador por la fortuna de tener una mesa llena de provisiones y cariño. Las plegarias tradicionales antes de comer habían sido remplazadas por un silencio rotundo donde todos los presentes se tomaban la mano antes de empezar a comer. En ese enlace mudo de amor y buena energía sobraban las palabras en anglosajón o español que tantas veces les costaba recordar o pronunciar a los niños. Menos de un minuto de silencio que se convertía en un himno para el espíritu.

Clara también venía de una familia de hadas y duendes, pero no era un hada abeja. Sus padres también hablaban en dos lenguas, especialmente el español con un poco más de acento; un ritmo delicioso que solo tienen los seres de magia que han crecido junto al mar. Reunirse con ellos era algo muy especial, pues entendían lo que significaba vivir entre dos mundos. Tras comer unos platillos deliciosos hechos por Papá K en su horno cerámico en forma de huevo verde, Mamá B invitó a Clara y su mamá a la cámara del crear. Ellas no querían un solo medallón, sino dos. Iban a iniciar una tradición familiar con la creación de una joya para su primogénita. Desafortunadamente, Bée-busch no pudo entrar con ellas. Los secretos de la magia de los amuletos eran confidenciales, y ella solo podía mirarlas a través de la ventana de la cámara del crear mientras discutían el diseño del medallón familiar de los Landegra. Las ventanillas hexagonales de La Mina parecen escotillas de bote con marcos de bronce. Las paredes son tan gruesas que la ventana tiene su propio banco para el que espera afuera con unos cojines de seda muy cómodos. Al sentarse, la pequeña sintió esa sensación familiar de estar entrando a una celda de panal a depositar la miel como sus ante-pasados. Casi todo en La Mina tiene el mismo patrón hexa-gonal del panal a veces tan minúsculo e imperceptible como las fibras del papel natural en el

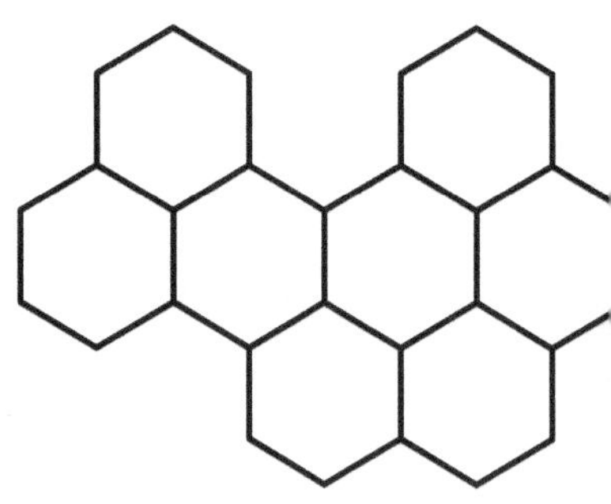

que dibujaba Mamá B. También los hilos de seda de la ropa de Béébusch, las baldosas de terracota en piso del cuarto de baño. Si se miraba con suficiente deteni-miento el mundo moderno en el que se anda tan deprisa, se descubre el micromundo del que todo está creado. Cada detalle puesto con una intención y un propósito definido.

Diario de Béébusch

Sobre la conjetura del panal de abeja. "La conjetura del panal de abeja" es un misterio que Mamá B no nos quiere revelar tras las mil preguntas que le hemos hecho sobre su obsesión con los hexágonos. No puedo creer que todavía no nos haya dado la respuesta. Está claro que, como en muchas otras oportunidades, lo debemos descubrir por nuestra cuenta. ¿Por qué no triángulos, cuadrados o círculos? Aún no lo sabemos. Nos encanta ver la forma geométrica repetida en tantos lugares, es como si nos acompañara con un mensaje subliminal adonde quiera que vamos. Curiosamente, las esmeraldas, aquellas piedras preciosas color verde azulado que tanto adora Mamá B, porque vienen de su tierra, también crecen en forma hexagonal como los panales de las abejas. Sí, las piedras preciosas y los diamantes crecen muy lento, siguiendo un patrón geométrico establecido. No con la medida del tiempo de las criaturas del bosque, sino por miles o millones de años, desde cuando el planeta donde vivimos se estaba formando. En ocasiones, cuando tiembla la tierra, Mamá B nos cuenta que lo único positivo que puede haber después de una sacudida del planeta es el nacimiento de nuevas piedras y diamantes. Solo con la fuerza, la presión y la temperatura de la Madre Tierra, se logran los cristales preciosos que tanto cautivan a los seres mágicos. Como si cada joya fuera un testimonio de la evolución de la vida. Terremotos y volcanes que lo destruyen todo por fuera, pero crean belleza en su interior.

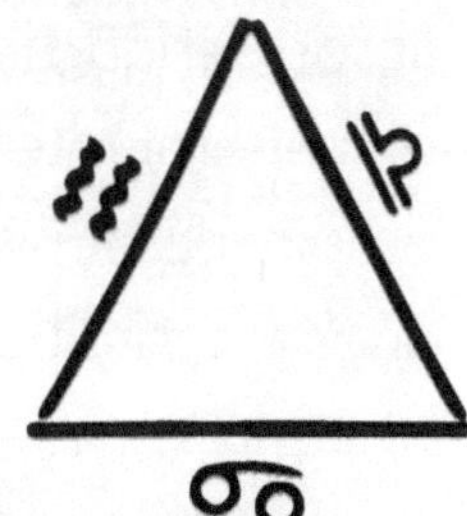

Clara y su Mamá C escogieron un medallón en forma de triángulo. Esa fue la única pista que reveló Mamá B de la reunión secreta para el diseño del amuleto. El papá de Clara llevaba un tatuaje en forma de triángulo en la base interior de sus manos y, sin duda, debía de tener un significado muy especial. No era usual ver a un duende de la cordillera con tatuajes sobre su piel. Un sello de tinta indeleble que reafirma una convicción a gritos. Este era un triángulo equilátero apuntando hacia la base de la mano. Béébusch pensaba que era una punta de flecha. Quizás reminiscencias de algún pasado guerrero que la familia de Clara había dejado en la cordillera antes de emigrar al bosque.

En breve empezaría la maratón de dibujo de Mamá B para encontrar el concepto perfecto para esos dos medallones. En ninguna otra ocasión se le vería actuando tan instintiva y desordenadamente como cuando iniciaba los bocetos de un nuevo proyecto. Sus manos se moverían a alta velocidad y  los papeles amarillos de calco volarían a la derecha de la mesa hacia el piso con ideas vencidas. Barras de carbón de palo, varitas de cera de colores, plantillas y libros serían desparramados por la cámara del crear sin miramientos. Ocasionalmente, Mamá B se lanzaría en picada el piso a rescatar uno de los conceptos que previamente había arrojado al piso. Al ver nacer la idea, se vería levantarse y mirar su propio dibujo de pie con reverencia, darle vueltas en círculos a la mesa, y en la gran mayoría de los casos, saltaría y se aplaudiría a sí misma de la emoción.

Los amuletos más complejos, aquellos que incluían más de cien diamantes, por ejemplo, le tomaban mucho tiempo. No solo por la geometría e ingeniería que implicaba armar una pieza compleja, sino porque con clientes nuevos era más difícil escarbar en el fondo del alma lo que realmente querían transmitir con su joya.

El medallón de las Claras nació en menos de media hora. Mamá B sabía con precisión mágica lo que necesitaban. Había un lazo de amor previo con los Landegra que le daba toda la claridad necesaria para que tipo de magia necesitaban en su nueva joya.

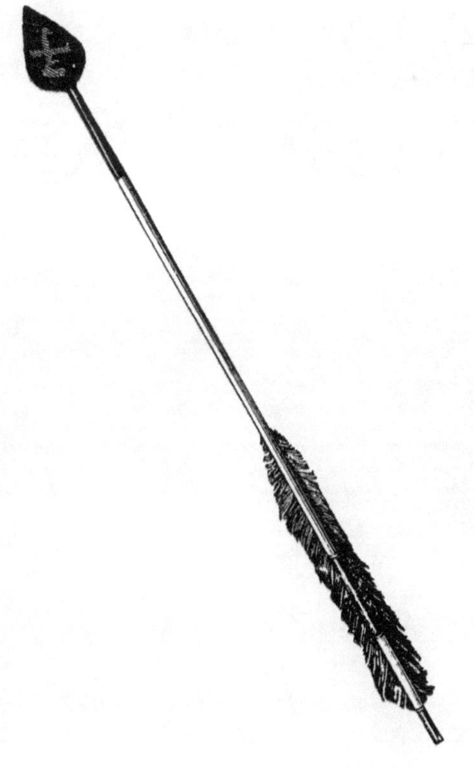

CAPÍTULO 11

Aunque la mona se vista de seda, mona se queda

La obsesión de la pequeña abeja por su gata Pepper Rose y por los felinos en general, crecía cada día. Como por arte de magia —y fuerza de voluntad— descubrió que en lugar de llenar de rabia su aguijón y alistarlo para el ataque, con tan solo mostrar sus colmillos en señal de insatisfacción, lograba un perfecto control de su mal humor y así advertir al enemigo (su hermano, casi siempre) de que retirarse era lo necesario. Lo había aprendido de la guardiana felina de La Mina. Igual había aprendido a moverse más lenta y graciosamente y a pensar en total quietud antes de atacar verbal o físicamente. Leía historias sobre el comportamiento social de los felinos y cómo sobreviven en comunidad. Hacía listados con los cuales les asignaba a sus amigos de la escuela de magia personalidades de razas especificadas de gatos que le permitían entender mejor su comportamiento mágico. El hecho de ver a la guardiana de La Mina en su tarea de cuidar los tesoros de su madre, le producía gran inquietud. Su parecido con los leones reyes de la selva era fascinante. Sufría un poco de pensar si la gata extrañaba al resto de su familia felina; al cabo qué sería de nosotros los seres mágicos sin el amor y el cuidado de nuestra manada.

Mamá B usaba ese argumento con frecuencia cuando los pequeños le rogaban por adoptar mascotas del bosque...

—¿Qué sería de ese pez sin su familia? ¿Te gustaría hacer llorar a esa pequeña culebra que no va a conocer a su mamá? ¿A ti te gustaría vivir toda tu vida entre una caja de cristal como esa tortuga en un acuario?

El hecho de reflexionar sobre lo importante que es vivir en comunidad, como cualquier ser vivo del planeta, les hacía inmediatamente dejar de considerar a los animales como objetos decorativos. Mamá B incluso decía que los metales crecían donde hay metales, y los diamantes, donde hay diamantes. Son minerales, pero aun así están respondiendo a un orden determinado de grupo. Una comunidad inanimada, por así decirlo.

Papá K, aunque es un duende de poderes mágicos, no interactuaba para nada con Pepper Rose. Se respetaban el uno al otro como si fueran jefes de dos manadas distintas. Él tenía personalidad de duende, cuerpo de ogro, ojos verdes de gato y cola de león. Así como Bëëbusch y su madre ocultan su aguijón bajo la falda, Papá K resultó tener una cola de león de la que nadie, absolutamente nadie, sabía. Muchos ya se habían confundido juzgando su procedencia y personalidad, pues era muy grande, fuerte, hablaba anglosajón con un acento muy marcado y tenía per-sonalidad de rey de la selva. Bullicioso, todopoderoso y solitario a la hora de pelear. Gracioso, encantador e irresistible, por el otro lado, a la hora de socializar.

Bëëbusch siempre recordará el día en que papá le arrancó las alas a Mamá B, por haberle pisado su cola de león...

El día en que las alas difusas, tan especiales y tan sutiles de su adorada madre, cayeron al piso como un suspiro, tras una discusión acalorada con Papá K. Quizás la única de las discusiones que los pequeños han presenciado entre sus padres a lo largo de su corta existencia. Porque de dolores del pasado quedan unas huellas imborrables en el alma que a veces regresan con el furor de un huracán a arrasar a cualquiera. La cola de león de Papá K era una de esas huellas. El recuerdo de esa otra vida que le dolía mucho, a pesar de todos los ciclos de lunas que ya tenía, y de la vida en una nueva tierra. Aquellas épocas cuando era un duende pequeño e inocente con una personalidad de león inmensa; cuando le quitaron el fuero con castigos, y la melena, con reproches. Cuando solo le dejaron una cola de león de la que ya nadie sabe, sino nosotros, su manada.

Al parecer, su magia era distinta a la magia de su padre, y en ese entonces solo había la posibilidad de ser un duende de la cordillera. Nada más y ni nada menos. Un macho proveedor como todas las generaciones de duendes que lo antecedieron. Por fortuna, logró venir a vivir a este bosque, que ahora es su casa, donde toda la magia de su ser florece como una primavera y donde no tiene que usar un disfraz ni esconder su cola, porque siempre se le querría con todos los colores de su personalidad.

Aquel día en que Mamá B perdió las alas, era un día cualquiera. No obstante, sin razón aparente y en un momento de cansancio, de confusión y orgullo, Papá K se equivocó de presa, de enemigo, de verdugo y.... le arrancó con violencia las alas a Mamá B.

Fue difícil. Los pequeños creyeron durante algunos meses que había sido un acto imperdonable y que la vida familiar jamás volvería a ser igual. Mamá B recogió sus alas y las tiró al viento desde la ventana. Las levantó rapidísimo, con el afán con que recoge la sal cuando se cae para evitar la mala suerte. Como si supiera, que tarde o temprano, ese era su destino. Como el de todas las hadas madres y abuelas que ya han cumplido muchos ciclos de lunas. Como una corona de abeja reina que se roban los duendes para recordarnos que son ellos los que todavía dominan el mundo con su fuerza. Las alitas volaron como plumas a través de la ventana y se desintegraron al viento, antes de tocar el piso. Mamá B siguió la vida como si no pasara nada. Pero jamás se volvió a acercar a Papá K.

¿Qué puede hacer un hada abeja sin alas?, se preguntaba Béébusch, acariciando las suyas y tratando de grabar en su mente cada detalle. Cada celda, cada vena, cada borde de sus alitas difusas con las que nació, pero con las que nunca ha podido volar. ¿Qué puede hacerse sin ellas si no vuelven a crecer como cuando se corta el pelo? ¿Por qué Mamá B no llora por esa parte de su cuerpo que le arrancó el duende al que ella más quiere en la vida?

Las hadas abejas ya no necesitan las alas para vivir y hacer magia. Hace muchos siglos descubrieron que su capacidad de volar y crear vida era temida y envidiada por los duendes. Ni qué decir de su hermosura. Como pocos de los seres vivos del planeta, son las hembras, y no los machos, las que cautivan con la belleza. Envidiadas al punto de temer por su vida y la seguridad de su descendencia, cansadas de la persecución, opresión y las masacres masivas de hadas abejas, decidieron renunciar a su capacidad de volar y ser independientes, por su capacidad de ser madres. Un trueque que parece totalmente injusto para Béébusch, a su corta edad, pero un sacrificio que para cualquier madre bien vale la pena. Las madres vuelan en los sueños de su descendencia, y en ellos reposa el amor y la dicha más grande.

Angustiada de no poder recordar el diseño de las alas que tenía su madre, Béébusch se puso en la tarea de dibujarlas. Entre los miles de gatos que ha dibujado con barras de cera y que reconoce como si fueran miembros de la familia, empezaron a surgir diseños de alas que Mamá B no creía posibles. En las alas, como en las huellas dactilares, había elementos únicos e irrepetibles para cada individuo. Igual sucedía dentro de los diamantes y las piedras preciosas. Parecen muy transparentes a simple vista, pero si se les mira a través de la lupa, tienen un mundo de rarezas por dentro. La pequeña no lograba recordar con precisión las alas de su madre. Ni el tamaño, ni la forma, ni los detalles. Tras días dibujando solitaria en su alcoba, la más alta del árbol de pino, Bëébusch descubrió en su nostalgia un nuevo talento. Un talento del que fue testigo todo el bosque y su madre, mientras esta última hacía la cena en la cocina. La pequeña hada abeja tenía una voz de ensueño, y sin esfuerzo alguno, estaba transformando los sentimientos en canciones. Inconscientemente, y en tanto sus ojos y sus manos dibujaban alas sin cesar, nacía su primera canción, y la música se filtraba por entre el piso y las paredes de la casa, buscando oyentes.

Mamá B estaba trabajando en su mina cuando la escuchó por primera vez y dejó caer en el piso mil granos de oro puro. No sabía si era producto de su imaginación. La pérdida de sus alas la tenía distraída. Subió rápidamente las cinco estancias de todo el árbol de pino guiada por la más dulce melodía, para encontrar un rayo de sol alumbrando el pelo largo y primoroso de su hija. Consternada y agobiada por un sentimiento indescriptible, se dio cuenta de que esa música maravillosa provenía de Bëébusch, su sueño hecho mujer. Su canto era un poema que arrullaba, consolaba e hipnotizaba de una forma mágica.

Aquellas alas rotas y desintegradas al viento se habían transformado en canción.

CAPÍTULO 12
La envidia es muy mala consejera

Entre Bëëbusch y su hermano duende hay cuatro ciclos de luna de diferencia en edad. A medida que pasa el tiempo, esta diferencia se marca más, pues el pequeñín quiere repetir todo cuanto hace su hermana, pero no puede. Su cuerpo, su cerebro y su magia van avanzando a otro paso, y le cuesta comprender por qué no puede cantar, por ejemplo. Desde que descubrieron que cantar era parte de la magia que Bëëbusch había recibido de El Creador, él había empezado a sentir celos y envidia por primera vez. La envidia horrorosa que corroe el alma y se siente tanto como el frío y el calor. Esa que nos hace dudar de nosotros mismos. Ese sentimiento abusivo que nos hace perder el horizonte y olvidar lo que en realidad es importante.

Mamá B les ha enseñado a los pequeños a manifestar verbalmente los celos y la envidia. Una vez estos sentimientos se expresan en voz alta y salen por la boca, se sienten menos pesados en el corazón y no queda más que jugar con ellos como si fuera una pelota. Una vez esta se lanza al aire, empezaba un acto de autorreflexión donde uno mismo se da cuenta de que la reacción es innecesaria. La pelota de la envidia puede caer al vacío, le puede caer a alguien o incluso a uno mismo. El pequeño duende lo aprendería muy pronto de una manera magistral, en la cual él terminaría siendo la víctima.

Desde que Bëëbusch era bebé, su mamá estaba segura de que algo inusual tenía en sus ojos. Dudaba de si era una expresión inconsciente del aquel temor que le producía que su hija también tuviera un problema de ojos bizcos. Les había consultado a los búhos del bosque y la cordillera, en cada chequeo anual, sin que le hubieran dado respuesta alguna. Los ojos de la pequeña hada abeja eran muy grandes y oscuros. Mirar a través de ellos era como sumergirse en un cielo nocturno estrellado bañado en luz de luna. Las cejas largas y trianguladas le daban a su mirada una expresión encantadora. Cuando la pequeña empezó su afición a la lectura, el dolor de cabeza y las lágrimas del cansancio no se hicieron esperar. Finalmente, los búhos hechiceros confirmaron su dificultad para ver las cosas que están lejos y le recetaron sus primeros

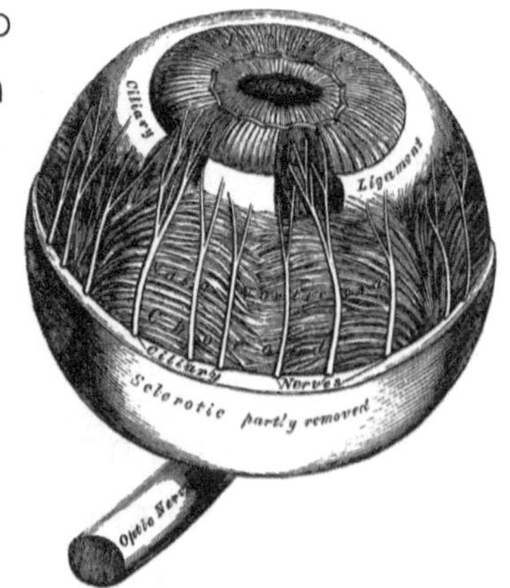

espejuelos. Había algo en los ojos de la pequeña hada que hacía que las imágenes no se reflejaran apropiadamente en la retina. Los búhos afirmaban que estaba muy relacionado con su velocidad de crecimiento, pues era un hada muy alta para su edad.

Mamá B lloró el día en el que el búho le dijo a Bèëbusch que necesitaba espejuelos. Unas lágrimas disimuladas, de esas que parecen parte de un estornudo fingido o una alergia inexistente. Su hermano duende también lloró de envidia, pues creyó que los espejuelos eran un objeto decorativo al que él no tenía derecho, y por supuesto, armó una pataleta. Ahí empezó el juego de pelota de su envidia, que no se queda quieta hasta que te aplasta.

Mamá B sufría por los nuevos espejuelos de su hija, no de la emoción, sino un revuelto de sinsabor y nostalgia. Ella fue un hada de aquellas que mientras aprendía a caminar le amarraron a su cabeza sus primeros espejuelos rosados en forma de ojo de gato. Parece ser que no había otra forma de dejárselos puestos, sino atándolos a su cabeza con cordones de zapato. Esas memorias de búhos sanadores de ojos estaban totalmente borradas de su historia hasta que de pronto se vio en las mismas circunstancias con su pequeña hada abeja. Se acordó con toda dulzura de los esfuerzos que hicieron sus padres Chema y Connie Joe por enderezarle sus ojos;

de las mil veces que la llamaron "cuatro ojos" en la cordillera, por su colección de espejuelos de ojo de gato; de cuando le decían que con un ojo leía y con el otro repasaba, y de todos los experimentos sanadores que trataron sus padres y los búhos para finalmente enderezarle las pupilas. Como en el caso de su pequeña, era un pequeño mal del cuerpo que tenía arreglo. Un arreglo mágico con cristales de luz colgados a las orejas y frente a los ojos que, sin duda, lograrían que todo se viera mejor. Pero como todo mal que uno no espera en sus hijos, en esos seres de amor creados, dolía el alma un poquito.

Los nuevos espejuelos estarían listos pronto, justo antes de regresar a la escuela de magia, al final del verano. En dos o tres semanas, harían parte de Bēē-busch, así como sus antenas, y para contrarrestar las millones de preguntas y la envidia que el pequeño duende sentía al respecto, Mamá B programó una cita con los búhos para que también le revisaran los ojos a él. Un bajo precio para explicarle la verdadera razón por la cual no necesita espejuelos y un acto de conspiración de su madre con extraños (los búhos) para que la misma información que tanto le había repetido le entrara en el cerebro al salir de boca de un desconocido. Así era la vida. Muchas veces se necesitaba confirmación de alguien que no los conocía para asimilar mucho de cuanto repetía su madre. Sordera selectiva, muy seguramente heredada de Papá K, quien la manifestaba más frecuentemente.

Lo que nadie se esperaba de esa inocente conspiración era que el pequeño duende también necesitara espejuelos. El problema era más leve y distinto al de Béébusch, pero existía un problema de balance en las imágenes que necesitaba corrección. En gran parte explicaba por qué la vida tan accidentada de ese pequeño duende, que vivía con las rodillas y los codos llenos de raspones; que se pegaba con los marcos de las puertas todos los días de su vida. La emoción no se hizo esperar, y la selección de marcos para lentes fue una dicha total para el pequeño, quien creyó, durante un momento y a fuerza de rogar, que había conseguido tener exactamente mismo que su hermana mayor. Sus propios espejuelos.

Poco tiempo después, entendió que había agregado una complicación más a su existencia. Durante el primer mes ya había roto su marco de lentes cuatro veces y había comprendido lo que era ver bien con espejuelos y ver a medias sin ellos. Un objeto imprescindible frente a sus ojos, sin el cual ya no podría vivir. Mamá B lo encontró llorando en la noche. Restregando esos ojos cansados llenos de frustración y echándole la culpa a "la envidia" de lo que le estaba sucediendo. Teniendo que cuidar, guardar, lavar, quitarse y ponerse espejuelos como si no tuviera nada más que hacer. Abrazó a su madre confesando que ya nunca más iba a sentir envidia, ilusionado de pensar que quizás con solo decirlo el problema desparecería. Pero no. Mamá B le explicó que sus ojos podrían mejorar si usaba los espejuelos. Por el contrario, los ojos de Béébusch no tenían arreglo alguno, e iban a empeorar cada vez más. Quizás cuando ella fuera un hada abeja adulta, podrían operarla y ayudarla un poquito. Pero faltaban muchos ciclos de luna para que eso sucediera. Esa comparación fue suficiente para hacerlo recapacitar.

El pequeño duende se secó sus lágrimas con la manga y fue a abrazar a su hermana sin decir una sola palabra y se quedó dormido junto a ella entendiendo una de las primeras lecciones importantes de su vida. Que la envidia es mejor despertarla que sentirla.

CAPÍTULO 13

La venganza nunca es buena, mata el alma y la envenena

Mamá B todavía está dolorida tras la pérdida de sus alas. Aunque no se queja, ni reclama, ni alega como esperarían sus pequeños, Bëëbusch lo sabe. Eso solo lo notan las hadas abejas con ese sexto sentido —como los lados del hexágono— que tienen las féminas del planeta. En el lugar donde estaban sus alas quedaron dos manchas negras que parecían cenizas, como si no hubieran sido arrancadas, sino quemadas en fuego. Sobre las dos marcas que ahora eran de una piel muy sensible y rugosa, Mamá B apenas resistía el roce de la ropa sobre su espalda. También reaccionaba abruptamente cuando alguien se le acercaba por la espalda. Como queriendo protegerse o defenderse de que alguien le arrancara las antenas o le mutilara parte de su cuerpo.

Gracias a sus espejuelos nuevos, Bëëbusch veía

con mucha más claridad y tardaba más haciéndolo todo, pues se le pasaba el tiempo disfrutando mucho de la nitidez de su nueva vida. Cada tarde, después de regresar de la escuela de magia, se quedaba un rato en el bosque junto al árbol de pino, examinando el suelo con gran detenimiento. Buscaba entre hojas y arbustos como si algo se le hubiera perdido. Miraba hacia arriba haciendo trazos con sus dedos, calculando ángulos de vuelo, analizando el viento. Su madre concluyó que algo había perdido, y como de costumbre, estaba dispuesta a darle a su hija el tiempo que necesitara antes de ofrecer ayuda. La pequeña buscó casi treinta tardes hasta que un día se rindió y transformó la frustración en un mar de rabia y lamentos.

Su hermano duende, quien también había asumido que se trataba de un juguete perdido, corrió a consolarla, ofreciéndole su ayuda. Mamá B hizo exactamente lo mismo, hasta que la pequeña les confesó que no buscaba un juguete, sino que estaba tratando de encontrar un pequeño trozo de las alas de su madre que volaron al viento. Recientemente había aprendido en la escuela de magia que con un solo trozo se podrían regenerar lentamente las alas para luego reinsertarlas quirúrgicamente en el cuerpo del hada que las había perdido. Era un procedimiento experimental que aún no daba resultados perfectos, pero quizás si lograra congelar una porción hasta que la ciencia pudiera garantizar la regeneración completa, eso sería un buen comienzo. Bèèbusch se negaba a aceptar la pérdida de las alas de su madre. No comprendía la razón por la cual se habían desvanecido en el viento sin rastro alguno. Desintegradas en partículas microscópicas, imposibles de ubicar.

Lo que más temía era que, tal vez, ese fuera su destino, tal como había sido el de su madre, sus abuelas y bisabuelas. Todas habían perdido las alas por el amor a un duende y continuaban su vida sin ser vindicadas. Bèèbusch quería que los culpables recibieran un escarmiento que no olvidaran jamás. No era posible que una alianza para el progreso —llamada matrimonio— generara con el tiempo un desbalance natural sin un castigo ejemplar. No estaba dispuesta a aceptar, a esperar y a ser testigo del momento en el que un hada abeja perdía, de manos del ser amado, una de las partes más hermosas de su ser sin que hubiera justicia.

La frustración era tan grande y el sentimiento tan intenso que no había podido dibujar las alas. Ella siempre había pensado que iban a estar ahí, enmarcando el primoroso ser que era su madre, y nunca las detalló lo suficiente como para poderlas dibujar de memoria. Las alas no estaban y ya ni rastro quedaba de ellas. Mamá B estaba corta de palabras para consolar a su hija. Tal vez supiera todas las respuestas, pero no podía articularlas. Era un problema que no tenía solución, pero que eventualmente podría prevenirse en el futuro. Así, tomó a los niños de la mano y en absoluto silencio los guio hacia La Mina. Les puso un casco de bellota —como siempre demasiado grande para esas cabezas diminutas— y los llevó a la cámara del crear, donde contadas veces habían podido entrar. Los pequeños se miraban el uno al otro, sorprendidos. Con ayuda del pequeño duende, mamá pegó con gomitas de miel un papel gigantesco contra la pared y le pidió a Beebusch que se recostara contra este para dibujar el contorno de sus alas. Cuando la

pequeña las vio dibujadas en la pared, nunca imaginó que fueran tan grandes. Muy lentamente los tres copiaron cada detalle, cada vena, cada celda y, finalmente, se dieron cuenta de que la forma de las alas de la pequeña hada era completamente distinta a las alas de su madre. Mamá B tenía alas de abeja de miel; un ala superior y una inferior que permanecían unidas por una serie de argollas diminutas sobre la vena del centro. Béébusch abrió sus ojos gigantescos y encendió su aguijón en señal de epifanía. Su aguijón ahora se activaba como una luz que alumbraba las verdades fundamentales que iba buscando y descubriendo. Estaba entendiendo la forma en la que su cerebro recordaba las cosas, y cómo no podía pensar claramente en momentos de angustia, presión o tristeza. Tras ver plasmadas en un papel a escala real sus propias alas, recordó vívidamente las de su madre, su longitud, curvatura y proporciones, y entendió que sus alas no eran de abeja. ¡Eran alas de mariposa!

—¿Es esta la "conjetura del panal de abeja"? —Preguntó Bëëbusch.

—No —contestó su madre—. La conjetura tiene que ver con los hexágonos, ¿recuerdas? Tus alas son distintas, porque naciste en otra tierra. Al parecer son alas difusas, de mariposa monarca.

—¿Tú crees que me las van a arrancar cuando me enamore de un duende?

—No, no lo creo. Las alas solo las pierden las hadas abejas de cordillera que se han apareado con un duende. Tu vida ya es muy distinta en el bosque y siempre lo será. Tú eres la primera hada abeja del mundo con alas de mariposa. Es tu destino ir y venir del bosque a la cordillera, como lo predijeron tus padres.

—Pero y ¿tú, mamá? ¿Cómo vas a vivir sin tus alas?

—Mis alas se volvieron tu voz, Bëëbusch, y con tus canciones ahora vuelo de una forma distinta. La pérdida de una parte de mi ser se sana con cada una de tus canciones, como un bálsamo enviado por El Creador para hacerme feliz cuando más lo necesito. Él supo de mi dolor y me obsequió tu don.

—No lo puedo aceptar, mamá. Siento una presión en el pecho casi maligna. Debe de haber algo que podamos hacer para arrancarnos la tristeza del corazón.

—Lo estamos haciendo. Vamos a inmortalizar tus alas en una joya que dure para siempre.

Se hizo noche en La Mina mientras los tres dibujaban las alas de Béébusch, cada vez, a una escala más pequeña. Los pequeños estaban extasiados de participar en el primer diseño de una joya. Entendían su razón de ser, su significado. Podían vislumbrar el producto final y el gozo que les iba a producir. Béébusch aprovechó para darle un vistazo al medallón de su amiga Clara y pedir explicaciones. Quería saber qué tanto significaba el triángulo para sus amigos los Landegra.

—Familia —dijo su madre—. El triángulo significa familia para ellos. Te lo mostraré.

Acto seguido y aprovechando que estaban en la cámara del crear, Mamá B abrió uno de sus cajoncillos hexagonales donde guardaba cada uno de los tesoros de sus clientes. Les mostró tres posibilidades para la creación del medallón. Una de ellas era una copia exacta del tatuaje que llevaba el padre. La segunda enmarcaba el triángulo dentro de un aro de oro para que fuera mucho más fácil de llevar y las puntas no se engarzaran en la ropa ni le hicieran daño al usuario. Las puntas podrían ser peligrosas para la pequeña Clara y hacerle mucho daño; casi un cuchillo. La tercera, y favorita de Béébusch, era un medallón que tenía movimiento. Cinco triángulos —uno por cada miembro de la familia Landegra— giraban sobre un eje concéntrico y este podía convertirse en una estrella de quince puntas. ¡Un disco de oro! ¡Casi un sol apuntando! Beebusch quedó fascinada con las posibilidades y pensó en qué otra alternativa podría ella sugerir para el medallón de su amiga. Se prometió investigar un poco más sobre la razón por la cual el triángulo significaba familia para ellos.

Salió de La Mina cansada, pero complacida, y también notó que el sello familiar del vestíbulo tenía la forma de alas de mariposa, y no de abeja. Con ello comprendió que su madre lo tenía claro desde siempre, y tan solo estaba esperando el momento preciso para explicarlo a su descendencia. Parece ser que así es la vida en la evolución de las especies y los seres de magia. Todo llega en el momento preciso. Desafortunadamente, las explicaciones llegan como noches de tormenta y no como días de sol. Inesperadas e intempestivas, pero siempre necesarias.

CAPÍTULO 14

Con amigos así, para qué enemigos

A medida que Bëëbusch crece, las relaciones con sus amigos y sus amigas de la escuela de magia se hacen más interesantes. Es común que las hadas prefieran jugar con las hadas, y los duendes, con los duendes. Los intereses son distintos, y en general, aún no saben ser tolerantes los unos con los otros para apreciar las diferencias. Pero entre las hadas están las grandes amigas, las compañeras y las amienemigas. Estas últimas, una especie de la que hay que cuidarse demasiado.

Las grandes amigas de la hadita comparten mucho en común, especialmente el hecho de ser bilingües y vivir entre dos mundos. Para los seres del bosque, la pequeña es "diferente", y la diferencia les produce temor a aquellos que no han sintonizado su magia con el universo. Solo tienen una forma de ver la vida, un punto de referencia y les aterra lo desconocido. El hecho de oírla hablar en español les genera resentimientos, pues por alguna loca

razón quienes no conocen el idioma asumen inmediatamente que se está hablando mal de ellos. Cabe decir que
es cierto, en muy contadas ocasiones. En la gran mayoría
de los casos no, pero se alcanza a sentir
la incomodidad de algunos que hasta
reclaman que el anglosajón es el lenguaje oficial del bosque y que no se debe
hablar ninguna otra lengua. Clara, por
ejemplo, es una de sus amigas
favoritas. Se conocieron cuando apenas tenían
meses de nacidas, disfrazadas de ratón (Clara) y
de perro (Bëébusch) para una fiesta de disfraces.
Con dificultad podían hablar o caminar, y ya se
había trazado una amistad entrañable. Las dos
han visto nacer a sus hermanos menores y viajan
por el mundo entero visitando a la familia que
poco a poco ha emigrado de la cordillera. Hablan
dos lenguas, y ya están aprendiendo una tercera. Son las
hermanas mayores de la familia, aman los libros, el juego
de pata-pelota y las noches de carpa en el bosque.

Otras hadas son amigas, no tan amigas con las que
se comparte la vida diaria en la escuela de magia, pero
no las confidencias. Dependiendo del ciclo escolar y las
preferencias de magia, en ocasiones se ve más con las
unas que con las otras. Están también las amienemigas,
aquellas que más desasosiego le producen a Bëébusch.
Ellas hacen todo con una sonrisa letal pretendiendo no
hacer ningún mal, pero inyectando todo el veneno
posible con cada actuación. Estas hadas, con el tiempo,

se transforman en brujas de magia negra; no aprenden a controlar sus impulsos malignos, y para cuando se dan cuenta, quedan expulsadas del círculo de luz de la magia blanca. Generalmente, se les asigna una varita mágica de metal para poder disipar la carga negativa antes de aprender a impartir conjuros. Los metales, en general, y los metales preciosos con los que trabaja Mamá B, tienen ese poder especial de conducir la temperatura y la energía de forma maravillosa. Frente a los maestros, las amienemigas son las más dulces, competentes y disciplinadas; pero con sus compañeras disfrutan el arte de la manipulación y el chismorreo. Es difícil aprenderlas a reconocer, pues cambian de colores como un camaleón. Ofenden y luego se disculpan. Vuelven y ofenden y, de nuevo, se disculpan. Ofenden otra vez, hasta que sobrepasan el límite del perdón de cualquier ser mágico y enfrentan el rechazo que tanto se han buscado.

Béébusch finalmente aprendió a reconocerlas, porque ese tipo de seres se encuentra en todas partes. Hadas o duendes que sienten celos e inseguridad ante los otros —especialmente, cuando son superiores o diferentes— y usan la crueldad para enaltecer su baja autoestima (eso de no quererse a uno mismo). Hay que sentirles pesar antes que miedo, pues hay algo roto en su corazón que los obliga a buscar reyertas y a ver enemigos donde no los hay. En muchas ocasiones, es la gentileza y no la violencia lo única que logra apaciguarlos.

Diario de Béébusch

Sobre la solidar y dar, soli da ri dad, solidaridad... Solidaridad es una palabra que no he comprendido del todo. Mamá B insiste en que la solidaridad entre hadas debe ser igual o más fuerte que la solidaridad entre duendes. Con ello quiere decir que debemos unirnos para un fin común, en lugar de andar compitiendo por poder, por territorio, o incluso, por la atención de un duende enamorado que algún día nos arranque las alas. El bosque de hoy es muy distinto al de hace más de cuarenta ciclos de lunas, en el que creció mi madre; pero desde siempre los duendes han sabido guardarse las espaldas, protegerse y conspirar, si es necesario, sin contar con las hadas. "La rosca", le dicen en la cordillera, como si fueran ellos un bizcocho dulce sin principio ni fin del que todos hacen parte.

Las hadas nos portamos como galletas sueltas, tratando de ponernos cubiertas de mil colores para sobresalir individualmente sin comprender que en la unión también radica la fuerza. En el bosque en el que estamos tan lejos de la familia, Mamá B armó su propia "rosca" de hadas que se han convertido en sus madrinas, hermanas y amigas. Al igual que en los templos donde se honra a El Creador, el planeta sabe que de la unión hace la fuerza. La magia del amor es la más poderosa cuando el amor es cierto, sincero y desinteresado. A mí todavía me cuesta armar mi "rosca".

Hay hadas que prefieren la soledad, como la abuela Connie Joe, quien vive en la cordillera. A ella siempre le ha costado trabajo entender las falencias de las que todos los seres mágicos sufren, y con el tiempo, prefirió no hacer amigas fuera del entorno familiar. Su vida parece solitaria y triste para algunos, pero ella la disfruta mucho. Dentro de su casa tiene cuarenta y seis plantas de distintas especies, y con tanta vida palpitando a su alrededor, no hay forma de sentirse aislado. Por supuesto, siempre hay quienes la juzgan y la compadecen, especialmente en la cordillera, donde hay más tiempo para conversar de los otros mientras las hormigas hacen los quehaceres de la vida diaria. No tener que hacer puede llevar a las hadas abejas a la locura, pero no a la abuela Connie Joe. Ella ama su casa y la cuida como si aún tuviera el panal lleno de haditas abejas y el abuelo Chema no se hubiera ido a vivir a las estrellas.

Bёёbusch llegó orgullosa a su primer día del segundo ciclo de la escuela avanzada de magia, luciendo sus nuevos espejuelos. Estaba muy nerviosa por volverse a encontrar con su amienemiga más temida. Quizás por su corta edad no lograba sacarla de su corazón y disipar la molestia constante que le producía. La semana anterior, y por primera vez en su corta vida, Mamá B le había permitido usar el conjuro del congelado para bloquear las energías negativas.

El conjuro del congelado:

En un papel de cera de abeja, con tinta indeleble, se escribe el nombre de la persona o cosa que tanto mal nos hace. El papel se dobla muchas veces hasta hacerlo lo más pequeño posible. Si la persona se ha portado muy mal, es permitido pararse sobre el papel para dejarlo totalmente plano. Acto seguido, el papelillo se envuelve en hojilla de aluminio y se lleva al subsuelo —dos pisos debajo de La Mina—, donde la temperatura es tan baja que se forman estalactitas de hielo en el techo. La persona o cosa queda congelada temporalmente, y aquella hojilla de metal que lo recubre bloquea por completo la proyección de energías negativas. Si por alguna razón el papelillo salía del congelamiento por sus propios medios, era necesario reestablecer las relaciones de inmediato.

La magia se tardaba un poco en actuar; pero, luego, cuando se veía a la persona de frente, sabiendo que ha sido congelada, era inevitable esbozar una sonrisa. El hecho de solo pensarlo, como quien esconde una travesura, producía risa nerviosa y apaciguaba el miedo. Béébusch no tuvo la oportunidad de volver a ver a su amienemiga. El destino le dio una sorpresa increíble en aquel primer día de regreso a la escuela. Su corazón casi explota cuando, al consultar el listado de sus compañeros de clase, vio que las habían sentado en la misma mesa. Sus antenas se escurrieron abruptamente y golpearon los cristales de sus espejuelos nuevos (las antenas son como las cejas cuando de reflejar emociones se trata). Mientras seguía revisando el listado, estupefacta —queriendo no leer lo que estaba leyendo—, y tratando de contener las lágrimas, una hadita nueva, de pelo color rojo fuego, la tomó por el brazo:

—Hola, mi nombre es Elena. Soy nueva en la escuela, ¿me ayudas a encontrar mi mesa, por favor?

¡Béébusch no lo podía creer! No solo era Elena una belleza de hada llena de pecas en los cachetes y el pelo rojo más hermoso del mundo, sino que llevaba el mismo nombre de su amienemiga temida. Rápidamente, revisó el listado y volvió a mirar a la "nueva" Elena con incredulidad. Confundida, volvió a hacer lo mismo una, dos, tres y hasta más veces. Tras leer los nombres completos de cada uno de sus nuevos compañeros, finalmente entendió que la "vieja" Elena, su amienemiga ya no estaba en la escuela de magia. Ni en su clase, ni en otro grado, ni en el bosque. ¡Se había ido de su vida para siempre!

La "nueva" Elena aún la miraba sin recibir respuesta alguna, hasta que Béébusch dio un salto de emoción y la abrazó con fuerza y durante un rato en señal de bienvenida, reconociendo el poder del conjuro del congelado, el regalo del destino y la oportunidad de empezar una nueva amistad. La tomó de la mano y la llevó a la clase, presentándosela a todos sus viejos amigos como la "nueva" Elena. El regocijo de todos era contagioso. La "nueva" Elena tenía una energía maravillosa y entró a hacer parte del grupo como si los conociera desde siempre. Béébusch prometió explicarle a la hora del primer recreo por qué todos preferían decirle la "nueva" Elena.

Así, también, empiezan algunas amistades entrañables. Por arte de magia, en el lugar y momento menos esperados.

CAPÍTULO 15

Pagan justos por pecadores

Los metales preciosos con los que trabajaba Mamá B tenían distintos colores y personalidades. El modelo del medallón triangular de los Landegra ya estaba listo para la fundición, pero las futuras propietarias no habían podido decidir el color del metal. Mamá C lo quería en oro amarillo de 18 quilates, resplandeciente como el sol y con el mínimo de aleaciones que demeritaran la pureza del material; mientras la pequeña Clara lo prefería en oro blanco de 14 quilates con un poco más de aleaciones. Quería que resplandeciera como la luna; pero que, a la vez, fuera mucho más resistente al uso y al abuso. Las aleaciones son otro tipo de metal que los hacía más fuertes, pues el oro puro de 24 quilates puede ser tan maleable y blando como una hoja de papel. El problema, en este caso, era que el amuleto sería producido en serie para todos los nuevos descendientes de la familia Landegra, una vez cumplieran los trece ciclos de lunas y debían ser todos iguales, para no romper el círculo de magia. Un objeto tan igual y permanente como el apellido.

En eso de los amuletos, cada encargo tenía una historia y una forma distinta, pero todos estaban hechos de metales preciosos. Como si en esos metales hubiera un mensaje secreto de El Creador que no se había revelado completamente. Un símbolo de eternidad innegable que cautivaba a todo el mundo, sin excepción. Su brillo, su dureza, la posibilidad de transformarlos con el calor y reciclarlos es algo que no todos los materiales de los que está hecho el planeta pueden lograr. Era increíble poderlos doblegar con calor y hacer de ellos objetos mágicos que pasaban de generación en generación y subsistían para siempre. Mientras más escasos fueran esos metales en el planeta, más deseados y difíciles de adquirir. Algunos decían que todos cayeron en la tierra de un asteroide cuando los conti-

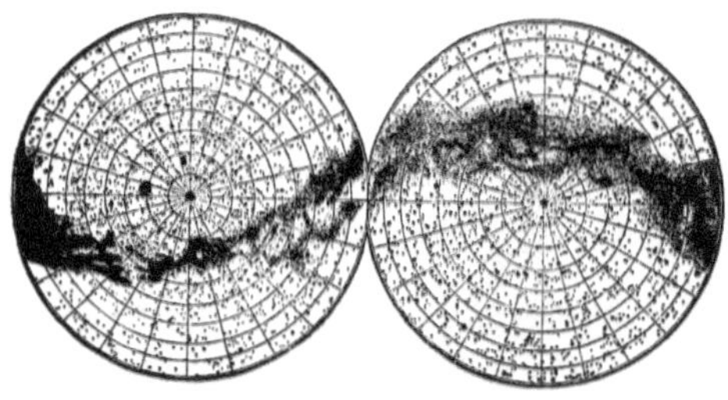

nentes apenas se estaban formando. Mamá B les cuenta a los pequeños, en secreto, que a veces siente en su mano una pisca del poder que tiene El Creador cuando funde el oro, viendo la sangre del planeta arder y fundirse bajo el calor del soplete en su mina. Doblegándole a obtener la forma que ella previamente ha diseñado.

En solo una oportunidad Bëëbusch y su hermano duende habían visto el proceso de fundición, pues la luz que producen los metales en su estado líquido puede quemar sus ojos. Debían cubrir su cara con unos espejuelos gigantescos que los protegían del resplandor del oro y de la llama que genera el soplete. Era maravilloso verlos pasar de un estado sólido y frío a una bola viscosa, hirviente y llena de color como si fuera una estrella. También era muy especial verlos deslizarse del cucharon cerámico donde se derretían (crisol) sobre la base de hierro donde se solidificarían, volviéndose una lámina o un hilo. Era aún mejor ver la explosión tan sutil que producían cuando Mamá B los sumergía en agua para enfriarlos tras la fundición.

En muchas ocasiones, Mamá B ha tratado de explicarles a sus pequeños el poder de la maleabilidad y la adaptación no solo aplicada a los metales, sino a todas las situaciones de la vida. Adaptarse a cualquier circunstancia que se aparezca en el camino, nos guste o no, tal y como ella lo hizo: pasó de su cultura en la cordillera a una completamente distinta en el bosque. El proceso fue difícil —aún lo es cada verano cuando se dice adiós a su familia y amigos—, pero el resultado es hermoso a pesar de las dificultades.

El proyecto de la alas-joya de Bëëbusch no iba nada bien, y puesto que la pequeña hada abeja estaba participando, las decisiones respecto al diseño la agobiaban un poco. No sabía si quería que la joya fuera exactamente como son sus alas difusas hoy día, porque aun cuando la forma estaba muy definida, el patrón de las venas, la membrana y escamas cambiaba cada año con su crecimiento. No sabía si recrearlas exactamente para inmortalizar este momento preciso de su vida o ilusionarse con lo que ella quisiera que fuesen en algunos años. Quizás reinventarlas e incluir gatos, hexágonos, flechas, notas musicales y pastelitos para recordar las cosas importantes de este momento particular de su vida. No lo tenía claro; tampoco los Landegra, sin poder decidir respecto al color del oro para su pendiente triangular. Eran decisiones difíciles de tomar, pero las respuestas, tarde o temprano, iban a llegar. Es parte de la magia de hacer amuletos. Hay que revisar el interior del corazón para saber con precisión qué se quiere proyectar con la joya.

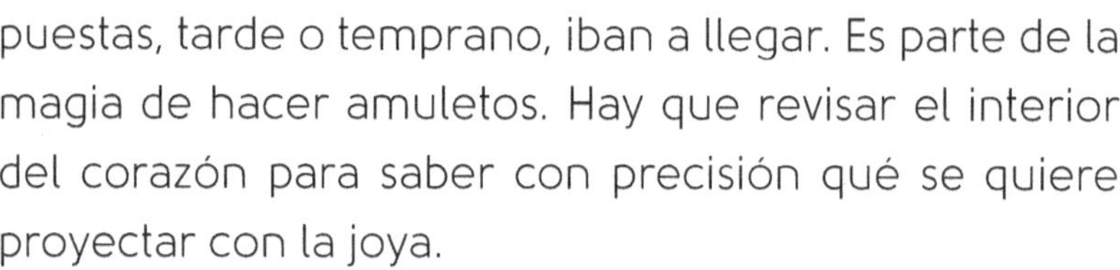

Béébusch inició un proyecto de investigación sobre las alas. Aunque sabía que el diseño final de sus alas no dependía de ella, sino del destino, le pareció muy divertido ensayar con todas las posibilidades, incluyendo la de ser un ave y no un insecto. Aprendió que los insectos tienen cuatro alas; mientras que las aves tienes solo dos. Que las alas de los insectos son muy delicadas y separadas del cuerpo, como si fueran un accesorio; mientras que las de las aves hacen parte del mismo sistema óseo y muscular y, además, están recubiertas de plumas. Nunca la pequeña Bёёbusch se había detenido a pensar en las plumas de un ave,  que crecen de pequeños folículos como el pelo en una cabeza. Suaves, vistosas y de mil colores, pero al contrario del pelo no se regeneraban. Eran indispensables en el vuelo, pero no se movían a alta velocidad como las de un insecto, sino planeando, jugando con el aire. Deslizándose sobre el viento como la mantequilla sobre un pan caliente.

Su mente infantil se imaginaba millones de posibilidades.

DIARIO DE BЁЁBUSCH

SOBRE LAS ALAS. ¿CÓMO SERÍA SI EN LUGAR DE TRENZAS LAS HADAS LLEVÁRAMOS PLUMAS EN LA CABEZA? ¿CÓMO SERÍA SI EN LUGAR DE ALAS DE INSECTO TUVIÉRAMOS ALAS DE ÁGUILA CALVA Y PUDIÉRAMOS VOLAR SIN AYUDA HASTA LA CORDILLERA? ¿QUÉ PASARÍA SI TUVIÉRAMOS DOS ALAS DE AVE Y DOS ALAS DE INSECTO? ¿CÓMO ES POSIBLE QUE MAMÁ B YA NO TENGA SUS ALAS Y LA VIDA SIGA COMO SI NADA HUBIERA PASADO?

Su indignación no la dejaba pensar claramente.

Béébusch comprendió que no era ella quien necesitaba unas alas, que a pesar de los esfuerzos que estaba haciendo Mamá B por distraerlos de un momento coyuntural de sus vidas, lo que realmente sucedía es que las alas de su madre habían sido arrancadas por su padre sin que hubiera una explicación suficiente ni un castigo correspondiente. Así es como se hacía en casa, donde cada quien recoge sus platos sucios. Era el turno de que Papá K reparara el daño que había hecho y compensara a su madre por una falta irreparable.

CAPÍTULO 16

Más vale malo conocido que bueno por conocer

El medallón de la familia Landegra recibió la aprobación final antes de fundirlo. Mamá B había hecho un prototipo con cera de abejas, siguiendo el procedimiento de aprobación de moldes y, por ello, las futuras dueñas no podían estar más complacidas. Se iban a usar tres colores de oro de 18 quilates en tono amarillo, blanco y rosa, con el fin de representar los rasgos de la personalidad de la familia; pero, sobre todo, para mostrar los tres colores de la bandera tricolor del lugar de donde ellos provienen. Los colores de la banda son amarillo, azul y rojo; pero puesto que no hay metales preciosos de color azul, el blanco lo sustituiría. El color azul lo iban a dar ocho zafiros azules de variados tamaños, montados sobre las puntas de los triángulos, que representan un cielo plagado de estrellas. Cada decisión respecto al amuleto tenía una simbología, y en eso radicaba el talento diseñador de Mamá B. El primer molde de cera era solo para recibir la aprobación del futuro usuario. El segundo iba a ser hecho de una cera muy especial que desaparece en el proceso de moldeado y fundición. Es la forma en que los seres mágicos han hecho joyas durante miles de años llamado la cera perdida. Incluso los indígenas orfebres de la cordillera, que adoraban al oro como si fuera su dios, utilizaban el mismo proceso.

Béébusch aprovechó la oportunidad y aplicó el debido procedimiento de aprobaciones de las que tanto hablaba su madre en su mina, para obtener alguna reacción de parte de Papá K respecto a la aparente indiferencia —y falta de castigo— en el tema de las alas de Mamá B. Ella sentía en su interior la necesidad de vindicar a su madre, por algo precioso que le había sido arrebatado. Su hermano duende se había ganado un golpe sangrante en la nariz y más de un mes de reproches cuando, sin querer, le arrancó la cabeza a una de las muñecas favoritas de la hadita; de hecho, había muchos otros incidentes secretos que sus padres nunca sabrían. Si el pequeño le hace algún mal a su hermana mayor, las paga inmediatamente. El aguijón de la pequeña hada abeja no le permitía estar tranquila sin haber impartido justicia y haber encontrado un culpable. Así es, un culpable a quien castigar, más que una solución para evitar el problema en el futuro. Era su naturaleza desde que nació, y quizás parte del lastre que la "cola de león" de su padre dejó en su propia sangre.

A medida que los pequeños celebraban ciclos de lunas, sus personalidades cambiaban y mostraban nuevos rasgos. Béébusch, que antes era la hermana protectora todopoderosa y más encantadora del bosque para su hermano, se había convertido en una villana intermitente que ponía a prueba toda la gama de sentimientos de un duende infante que todavía tenía mucho que aprender. Pero tal como era capaz de manipularlo para hacerlo sufrir, también podía motivarlo para realizar proezas inimaginables. Así es como, con su hermano duende, iba a conspirar para compensar la pérdida de las alas de su madre.

Cada tarde, a su regreso de la escuela de magia, los niños subían al palomar a recoger los columnogramas, junto a su padre. Últimamente, llegaban docenas de encargos joyeros con granos de oro para Mamá B. Ella solicitaba el pago de la mitad, por adelantado, para poder cubrir los gastos de creación y fabricación de los amuletos. Algunas veces, y cuando el oro era puro, podía usarse directamente en la fundición de la nueva pieza. Los granos de oro hacían un ruido precioso dentro de los columnogramas, como si fueran cascabeles. Aquellos que traían correspondencia y papelería eran silenciosos y muchos más ligeros. Esa tarde, Béébusch y su hermano duende habían subido al palomar con dos cobijas. Su padre pensó que iban a quedarse acariciando las palomas como hacían ocasionalmente y no querían sentir frío. El pequeño tenía un apego casi enfermizo a las cobijas y era natural verlo deambular con una cobija en la espalda casi a diario ¡Qué equivocado estaba Papá K! Ni siquiera se imaginaba lo que pensaban hacer.

Una vez en el palomar, los niños extendieron las cobijas y recogieron todas las plumas del suelo. Las envolvieron cuidadosamente en las cobijas, sujetando las cuatro puntas hacia arriba, para poderlas bajar por la escalera, sobre sus hombros. Nunca se imaginaron que hubiera tanta variedad de color, textura y tamaño. Usualmente, eran un estorbo y un reguero por barrer, pero ahora que las necesitaban parecían un tesoro. Siguiendo las instrucciones básicas de diseño que les había impartido Mamá B, ellos sabían que debían trabajar con todos los elementos disponibles y encontrar la geometría secreta que las formas y números revelaban a medida que las iban conociendo más profundamente. Era menester jugar con las plumas como con fichas de rompecabezas hasta que el diseño final se revelaba en forma de epifanía.

El pequeño duende estaba feliz por trabajar junto a su hermana. Era mucho más divertido que andar peleando por bobadas. Su misión era construir unas alas para Mamá B hechas con hilos de plata y plumas de paloma. Béëbusch creyó recordar perfectamente cómo eran, pero se dio cuenta de que su hermano aportaba algunos otros detalles que ella había pasado por alto totalmente. Estaban trabajando en equipo y cada contribución del pequeño era valiosa. Ella ya había aprendido cómo manejar pinzas y herramientas básicas de joyería para manipular los alambres de mil formas. El uso de fuego no le sería permitido hasta que cumpliera diez y seis ciclos de lunas y aún no sabía cómo fijar la estructura central de las alas, pero quizás podría pedirle ayuda a Bao, el joyero de Mamá B, quien sin duda les ayudaría a guardar el secreto.

Les tomó muchos viajes al palomar para recolectar todas las plumas que necesitaban. Era increíble ver cómo las palomas van cambiando su plumaje como los seres mágicos cambiamos de dientes. Su salud es evidente con solo analizar el plumaje. Las piernas, los brazos y los glúteos (el "rabosconi", como cariñosamente lo nombró Mamá B) de los pequeños estaban supremamente adoloridos de tanto subir y bajar todas las escaleras de la casa de pino. Las plumas de color estaban escondidas bajo la cama del pequeño duende; las plumas blancas, bajo la cama de Bėėbusch. La estructura de plata la armarían en el depósito junto a La Mina, que casi nadie visitaba y donde se guardaban los mil repuestos de los gasotransportadores de guadua de Papá K.

El ritual de recaudo de plumas tardó más de una semana. El día en que decidieron hacer el último viaje

en busca de alguna última pluma de un color especial usaron las cobijas para sentarse uno al lado del
otro en el piso y observar. Notaron que ya no abo-
rrecían el olor del palomar. El asco había desapare-
cido con la costumbre. Observaron cómo las parejas
de palomas ponían solo dos huevos y de cada huevo
nacía siempre un macho y una hembra. Ni uno más ni
uno menos. Se preguntaron cuántos años vivirían las
palomas, pues sabían que el señor Buche-Pluma, rey
del palomar, ya vivía en el árbol antes de que Mamá B
llegara al bosque, hace más de quince ciclos de lunas.
Se imaginaron cómo sería su vida si fueran una familia
paloma. Vivían bajo docenas de palomas y no sabían
casi nada de ellas, más allá de que transportaban los
columnogramas que tanto esperaban cada día y sin
los cuales no podrían subsistir. Sintieron lo mucho que
soplaba el viento en la copa de su pino, su hogar, y
por primera vez escucharon la música de la naturaleza. El silbido del viento, el currucuteo de las palomas
y la voz de Bëёbusch, que empezó a cantar. Con la
altura del árbol y el eco de la noche naciente, su voz
se fue flotando a través del bosque. La pequeña hada
abeja le empezó a cantar a la estrella donde vivía el
abuelo Chema y al horizonte, para que todo el planeta pudiera oírla. No había forma de mirar al cielo sin
extrañar a todos los que estaban lejos en la cordillera
o a quienes ya no estaban sobre la tierra con ellos.
De ese sentimiento de una misión cumplida, trabajo
en equipo y esperanza, nació la primera de sus canciones. Un poema a la nostalgia:

Te Necesito	How I Need You
Por: Bèébusch	By: María Delrisarri

Verso I	*Verse 1*
Yo necesito	Oh how I need to
Siempre estar contigo	Forever be with you
Y si estoy solita	And if I'm lonely
Se me parte el corazón	My heart breaks in two

Verso II	*Verse 2*
Si te estás yendo	If you are leaving
No tengo con quien pasar el día	I have nobody to pass the hours with
Me quedo en la casa solita	I stay in my home oh so lonely
Y se me parte el corazón	And my heart breaks in two

Coro	*Chorus*
Te necesito	Oh how I need you
No sé si te fijas	I'm not sure if you even notice
Pero yo te amo sobre todo	But I love you more than anything and everything
Nadie más lo puede cambiar	No one else can change my heart

Puente	*Bridge*
Yo te quiero	I do love you

Así no estés conmigo	Even though you're far away
Todo lo que está en mi corazón….	You will always be…
Coro	Cho*rus*
Te necesito	Oh how I need you
No sé si te fijas	I'm not sure if you even notice
Pero yo te amo sobre todo	But I love you more than anything and everything
Nadie más lo puede cambiar	No one else can change my heart

El pequeño duende, recostado en el hombro de su hermana, estaba extasiado por tanta belleza. Mamá B estaba paralizada de asombro mientras cocinaba la cena, abrumada por el talento y magia de su hija. Conmovida hasta los huesos por la sencillez y profundidad de esa canción. Papá, que estaba llegando tarde a casa, se sorprendió de ver el número de venados, ardillas, insectos, zorros, coyotes que se agrupaban junto a la casa de pino a escucharla. Ya con ello el bosque entero sabría que una nueva magia había llegado a la familia y desde entonces no habría forma de esconderla. La pequeña tenía la habilidad de componer canciones en español y anglosajón, simultáneamente.

Béébusch terminó de cantar y despertó a su hermano duende, que se había quedado dormido en su hombro, bajo el arrullo de su canción. Las palomas estaban muy quietas mirándola, como reconociendo una música que jamás habían oído. De sorpresa, subió papá al palomar, alzó a Bëëbusch por la cintura y la puso a volar en círculos al viento, orgulloso por su nuevo talento. Cuidadosamente, la asomó por una ventanilla del palomar para que todos sus seguidores la pudieran ver y la aplaudieran al reconocer su rostro.

Ella encendió su aguijón en señal de embeleso, reconociendo el poder de su magia musical.

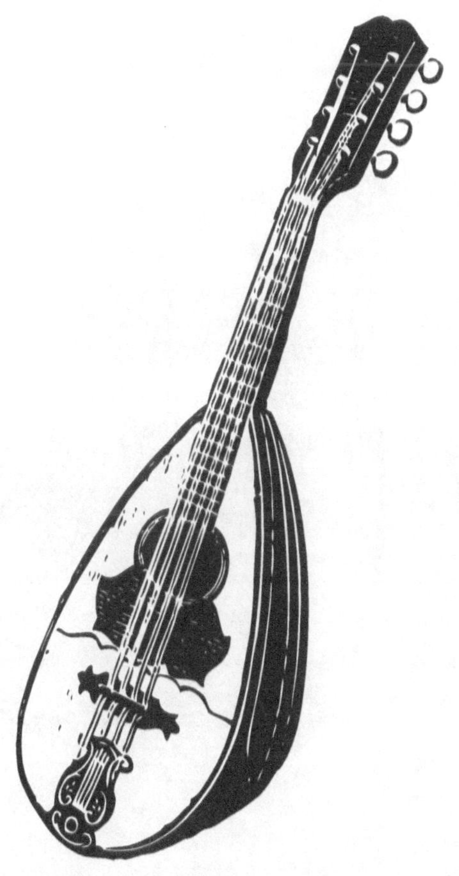

CAPÍTULO 17
Crea fama y échate a dormir

apá K solo podía hablar del nuevo talento de su hija, y buscaba en sus ancestros genéticos algún responsable y la forma adecuada de cultivarlo y promoverlo. En menos de una semana, le había comprado a su hija una guitarra, un ukelele y una pandereta, y se le oía cantando la composición de la pequeña hada abeja hasta en la ducha. Los rumores ya habían corrido y llegado hasta la escuela de magia. Todo el mundo quería oírla cantar; pero ella, muy reservada y discreta, se negaba a cantar a cualquier hora y lugar sin que le prestaran suficiente atención. Estaba conmovida con el revuelo que había causado cantando desde el palomar y se sentía un poquito incómoda con la atención que había generado. Bajo presión era muy difícil inventarse nuevas melodías o entonar adecuadamente. Mamá B había contratado los servicios de un duende del bosque llamado Patricio, para que le impartiera a Béébusch clases de música. Era un músico joven y guapo que sabía tocar todos los instrumentos de cuerda y el piano, tenía los ojos azules como el cielo y un pelo largo, rubio y crespo. Él amaba la música tanto como Béébusch, y gracias a ello la sintonía con la pequeña hada abeja había sido instantánea. Disfrutaban las lecciones como dos niños en una fiesta, cantando en armonía, inventando canciones y desafiando sus propios límites.

Béébusch estaba preocupada, pues desde hacía varias semanas el trabajo con las alas de Mamá B había quedado suspendido y su hermano duende estaba muy desilusionado de no poder contar con ella. La fama que tanto había añorado para impresionar a sus compañeros en la escuela de magia le había llegado de forma inesperada, y la vida ya era distinta. Le había prometido al pequeño ir al depósito a trabajar en las alas hace siete días, pero ese era el mismo número de días en que había roto su promesa. El tiempo ya no le alcanzaba como antes entre las tareas, las prácticas de la escuela de magia y la música. Parecía que al mundo entero, especialmente al agresor, se le estaba olvidando que Mamá B había perdido las alas, y todos, con un silencio cómplice, dejaban pasar los días sin musitar palabra.

Con la amenaza de un huracán, llegó el tiempo de recuperar algunas horas perdidas. El bosque estaba advertido de la posibilidad de tornados, vientos de hasta noventa y cinco millas por hora e inundaciones, y por esa razón, la escuela de magia había suspendido clases al mediodía e iba a cerrar durante cuatro días consecutivos. El bosque estaba alejado de la costa marina, donde se formaban los huracanes; pero los coletazos de esas tormentas, una vez tocaban tierra, podían ser devastadores. Ya en dos ocasiones algunos árboles vecinos se habían caído sobre la casa de pino y causado daños graves. La Mina de Mamá B, que quedaba en el subsuelo, estaba equipada con una bóveda de seguridad donde se guardaban las joyas y todos los materiales y donde ocasionalmente se pasaban las noches en las que la seguridad de la familia, a causa de una tormenta o algún otro peligro inminente, podía estar en juego. ¡La bóveda de seguridad era maravillosa! La puerta principal en forma de hexágono —por supuesto— era quizás la puerta más gruesa y pesada del mundo. Debía abrirse con una combinación de palancas y dos llaves distintas. Una de ellas colgaba permanentemente del cuello de Pepper Rose – la guardiana felina- y, por consiguiente, eran muy pocas las personas que podían acceder a ella sin ser devorados. La otra era tan larga que hasta el pequeño duende podría usarla de bastón, pero esta siempre permanecía escondida en un lugar fuera de casa.

Béébusch estaba fascinada de pensar en sus noches de tormenta en la bóveda de seguridad. Era como dormir en un planeta de oro con las paredes forradas de cajillas de seguridad doradas, espejos y joyas expuestas como obras de arte. Del piso de la bóveda que tenía una sección corrediza, se podía extraer todo lo necesario para las noches de encierro y ocho días de subsistencia, incluyendo unas bolsas de dormir hechas con plumas del palomar, que parecían unas nubes. Al pensar en las bolsas de dormir, Béébusch recordó que en el depósito, junto a La Mina, también había almacenadas provisiones de emergencia y que muy seguramente su padre ya las había sacado y descubierto el secreto de las alas de Mamá B.

—¡Caramba, qué problema! Después de tanto tiempo de trabajo y de estar guardando un secreto para que se descubra así, de forma tan simple. ¡Ni siquiera el pequeño duende había dicho una palabra, con el trabajo que le cuesta tener esa "trompa" cerrada!

Béébusch apresuró el paso, encendió su aguijón en señal inequívoca de contrariedad y salió corriendo a casa. Mamá B ya los estaba esperando en La Mina con todo lo necesario para el encierro. Cada uno tenía ciertas responsabilidades y entrenamiento adecuado para actuar en caso de emergencia. Todas las ventanas de la casa y del palomar habían sido apuntaladas, la puerta principal estaba protegida con bolsas de arena para evitar el paso del agua y Papá K había cavado varios hoyos alrededor de la cada de pino para evadir la proximidad del agua. Puesto que en su hogar había un mundo subterráneo, no podía permitirse la filtración de una sola gota de agua. Las pérdidas serían devastadoras.

Bëëbusch llegó acalorada y encontró a sus padres muy tranquilos; por ello, trató de averiguar con solo la mirada si habían descubierto algo. Sospechó por un momento que ser adulto quizás significaba aprender a ocultar los sentimientos a la perfección, pues no evidenció nada inusual en el comportamiento de ellos. Mamá B les pidió tomar un juguete favorito y bajar a La Mina, pues iba a cerrar la puerta de la bóveda a las siete de la noche, antes del furor máximo de la tormenta. Una vez los cuatro estaban bajando las escaleras de La Mina, Bëëbusch pidió poder traer su nueva guitarra, para componer alguna canción durante el encierro, pero secretamente estaba buscando la posibilidad de ir a husmear cómo estaban las alas de Mamá B en el depósito. Subió lo más rápido posible y tomó su guitarra, y bajó a la misma velocidad a revisar el depósito donde, sorpresa, no encontró nada. Ni señal de plumas, ni de hilos de plata, ni restos de hilo ni del pegante que estaban usando. Nada.

Por un momento la atacó el dramatismo y alcanzó a pensar que su padre había asumido que éra solo desorden y lo había botado a la basura. En el mundo alterno de Papá K no había lugar para lo que sí era evidente a los ojos de las hadas abejas. Al empezar a buscar desesperadamente por todas partes, también recordó que su padre no se encargaba de cuidar y organizar la casa de pino, sino Mamá B. Sin embargo, pensó que ella ya le hubiera dicho algo o le hubiera sugerido mil formas de lograr insertar las plumas entre la filigrana de plata junto con otra docena de consejos. De pronto, le llegó una sensación calmada y calurosa a su corazón y supo —sin saber— que su hermano duende le había cubierto la espalda y había solucionado el apuro por cuenta propia. Había escondido absolutamente todo en la cámara del crear gracias a la ayuda del joyero Bao y no había dejado rastro alguno.

Al bajar con la guitarra y ser la última en entrar a la bóveda lo confirmó con solo mirar los ojos amorosos de su hermano. Se sintió orgullosa, respaldada y algo culpable, por lo exigente y cruda que era con él, incluso para su edad. Se sentó junto a él y lo abrazó de lado. Esos abrazos escaseaban a medida que Bėėbusch se estaba haciendo grande. Acto seguido, tomó la guitarra y mirándolo con dulzura le compuso una canción. La melodía y la letra fluían de la pequeña hada abeja como un manantial. A su corta edad, la simpleza de lo que decía tenía un significado gigante, como si hubiera vivido varias vidas. Y así le cantó a su hermano:

Arrullo	Lullaby
Por: Bėėbusch	By: María Delrisarri
Verso I	*Verse 1*
Aquí a mi lado al respirar	Sitting quietly hand in hand

Te siento hondo como el mar	I see your future in my grasp
Queriendo el cielo tocar	And slowly watch you lift up
Jamás pensé verlo llegar	I never thought it could be bad
Ese momento en que te vas	To see you grow so soon, so fast
Queriendo la vida alcanzar	But I guess that's what life's about.
Verso II	*Verse 2*
Espérate niño	Wait, little baby
Que este es tu hogar	Mom's heart is your home
Quédate tranquilo	Stay right where you are
Crece sin parar	Take time to grow
Pronto la vida	Life will soon tell us
Nos separara	Your place in the world
Así es que esta noche	But for now, little baby
Te voy a arrullar	Hush, baby, hush

Sintiendo vagamente los rumores de la tormenta, la familia entera se durmió entre la bóveda en un abrazo bajo el calor de la guardiana felina. Sus posesiones materiales podrían derruirse afuera bajo el látigo de los vientos, porque todo lo que necesitaban estaba ahí con ellos, ese amor incondicional, inquebrantable y solidario de una familia de hadas y duendes.

CAPÍTULO 18

Más vale ser cabeza de ratón que cola de león

La mañana siguiente estuvo cargada de un silencio sepulcral. Siempre sucede después de una tormenta, como si el cielo hubiera quedado exhausto. Papá fue el primero en subir a la superficie y hacer el recuento de los daños. Generalmente, los minutos de espera ante lo desconocido son los más interminables del mundo. Mamá B sirvió jugo de naranja, leche de semillas de soya y panecillos con mantequilla y mermelada, para el desayuno. Uvas, arándanos y una manzana muy verde, servida con mucho limón y sal, para Bёёbusch. Mamá B tenía café en un termo con su crema favorita de semillas de calabaza y menta. Para ella era un placer de cada día en la mañana, servirlo muy caliente, soplarlo y tomarlo lentamente a sorbos antes de activar su cerebro de alta velocidad. A veces, dejaba que se le empañaran los espejuelos con el vapor, y eso lo disfrutaba profundamente. Papá prefería tomarlo negro, tibio y sin azúcar. Era curioso ver los distintos que eran los gustos alimenticios de la familia. El pequeño duende tenía alergia a los cítricos y a la piña, pero una adicción casi enfermiza a los dulces y al chocolate, y era el único en la familia que podía tomar leche de vaca. Bëëbusch gustaba del vinagre, la sal, las cosas muy picantes, las frituras de papa y las paletas de frambuesa con chocolate.

Papá K regresó a la bóveda con un buen semblante. Confirmó que la casa estaba a salvo; pero que, al parecer, las tierras bajas estaban muy inundadas y muchos seres del bosque habían perdido su casa. Hizo un recuento largo y casi sospechoso del estado de todos los vecinos para concluir que la parte más afectada de nuestra casa de pino había sido el palomar. El pararrayos había detenido un rayo y había dejado un agujero en el techo, por donde se había entrado toda el agua. La gran mayoría de las palomas habían emigrado. Solo permanecían aquellas que estaban anidando, pero era necesario buscar una solución rápida o se perderían las crías de invierno, y con ellas la totalidad del palomar. Era un riesgo que la familia no podía tomar. Sin las palomas mensajeras y sus columnogramas, La Mina de Mamá B se cerraría y la comunicación entre sus dos mundos sería muy difícil de reestablecer.

La tormenta no había cesado del todo y Papá K dio la orden de permanecer en la bóveda mientras buscaba la forma de arreglar el agujero de la torre con los pocos materiales disponibles. El pequeño duende miraba a Bëëbusch con cara de sorpresa, idea y duda mientras sujetaba a su hermana por la manga, tratando de llamar su atención. Bëëbusch, que en otro ataque de angustia estaba tratando de apaciguar su dramatismo, lo desdeño con arrogancia hasta que el pequeño se subió en una silla para quedar a su misma altura, sostener la mirada de su hermana y decirle cara a cara —y vocalizando lentamente— que ellos tenían la solución en sus manos.

—Las alas de Mamá B son la solución, Bëëbusch —dijo el pequeño duende—. El joyero Bao y yo hemos estado trabajando y tenemos la estructura de filigrana y la manta de plumas casi terminadas. Tendremos que moldear las alas al cono del tejado para darle estructura y las plumas serán la cubierta impermeable y el calor que las palomas necesitan.

—Pero ¿y las alas de Mamá B? No las podemos destruir por segunda vez —dijo Bëëbusch—. ¿Hay acaso un maleficio que le impide volver a tener cualquier clase de alitas a nuestra madre?

—Mamá B está dispuesta a vivir sin sus alas; pero nuestra familia no podrá seguir viviendo en el bosque sin la ayuda del palomar, hermana —dijo el pequeño como si fuera un adulto.

Béébusch se frotó las antenas en señal de incertidumbre. Mamá B, que estaba tratando de guardar la compostura, increpó a los niños para que no pelearan en estas circunstancias.

—No estamos peleando, mamá —dijo la pequeña—. ¡Tenemos la solución para salvar el palomar! Hemos estado trabajando en ella durante mucho tiempo, especialmente mi hermano duende. Era un regalo para ti, pero, pero...

Las lágrimas le invadieron la garganta, los ojos y el pensamiento, y la pequeña se echó a llorar, sin poder explicar el resto. Mamá B corrió a consolarla sin entender ni una sola palabra. El pequeño duende tomó la cara de su madre entre las dos manos y le dijo, en el tono más solemne de su corta existencia —y vocalizando lentamente como de costumbre— que debían ir a la cámara del hacer para poder explicarle. Sorprendida por la seguridad que mostraba su hijo, Mamá B le hizo caso sin miramientos, y juntos salieron de la bóveda hacia la cámara donde estaban escondidas y casi listas las alas de plumas para Mamá B.

El pequeño duende accedió a la cámara como si fuera su propia alcoba y entró al recinto de los hornos de fundición, a los que raramente entraba Mamá B. Allí, en la pared, estaban colgadas las alas de filigrana en las que los pequeños habían estado trabajando durante tanto tiempo. El joyero Bao se había encargado de perfeccionar toda la estructura que habían hilado los niños y la delicadeza y resplandor el metal eran algo sublime. Mamá B, extasiada con el tamaño de la obra y el diseño de las alas, analizaba cada detalle, cada soldadura, el grosor de los alambres, la finura de la obra. Se sorprendió cuando sus dos hijos la cubrieron con una manta hecha de plumas de palomar y la abrazaron largamente sin decir palabra alguna.

Mamá B entonces lo entendió todo y perdió el habla. Descolgó las alas de plata, dobló con cuidado la manta de plumas, cubrió a sus pequeños con los cascos de bellotas, les puso las botas de lluvia, cargó una cesta con muchas herramientas de joyería, mucho más hilo de plata y subió al palomar. Las lágrimas le resbalaban por las mejillas como una lluvia ligera, pero no decía nada. Absolutamente nada. Bëëbusch y su hermano duende la seguían en silencio. Tal vez era menester guardar la compostura ante esta emergencia sin atender a fondo los sentimientos que los embargaban. Llegaron al palomar y ayudaron a su madre a fijar las alas de plata al agujero del palomar. El tamaño de las alas era apenas el necesario para cubrir el hueco. Con martillos de moldear y puntillas de hierro forjado fijaron la estructura al tejado de madera.

Poco después de iniciar su labor, se dieron cuenta de que Papá K había estado muy muy quieto junto a la escalera. No solo había perdido el habla, como Mamá B, sino que parecía una estatua. Lo habían pasado por alto al subir con las alas y no lo habían necesitado en absoluto. Por primera vez, el gran duende protector no tenía nada que hacer ni qué decir, pues en la vergüenza que escondía estaba tratando de procesar el significado de esas alas de plata.

Finalmente, aquel momento que Béébusch tanto había esperado llegó. No en forma de una vindicación, maligna y corrosiva que quizás había imaginado, sino con una lección de justicia, producto de las circunstancias y el destino. Algo que todas las criaturas mágicas reconocían como karma. En los ojos de su padre leía claramente, impotencia y profundo arrepentimiento. En un instante, Papá K comprendió el inmenso daño que había hecho, así como lo que sus hijos habían creado para compensarlo. A la misma velocidad supo que en ese preciso momento él sobraba. Ni su fuerza, ni su altura, ni su protección se necesitaban. Su familia bien podría vivir sin él, y si la agresión y el ego de león volvían alguna vez a manifestarse, ellos sabrían vivir sin él. Mustio, se marchó y a nadie le importó, pues había mucho por hacer para detener la lluvia dentro del palomar. Era una cuestión de supervivencia, y los pequeños seguían los pasos de su madre con la destreza con que sus antepasadas hadas construían celdas en los panales y depositaban la miel recaudada.

—¿Será esta la conjetura del panal de

abeja? —reflexionó para sí Béébusch—. ¿Este acto de encajar automáticamente para lograr un objetivo, como los hexágonos en toda nuestra casa? Prometió averiguarlo más tarde, pues no era hora de andar soñando despierta.

Mientras los pequeños y Mamá B continuaban tejiéndole las alas al tejado con hilos de plata, Papá K bajó a la cocina tomó el cuchillo más afilado que encontró y de un solo jalón arrancó parte de su pantalón para dejar salir para siempre su cola de león. Ya no habría forma de seguir ocultando su secreto. Con la reparación del palomar, hecha una obra de arte que brillaría bajo la luz del sol y la luna, las preguntas y explicaciones sobre el porqué de esas alas milagrosas no se harían esperar. Él ya no quería obligar a su familia a cubrir el secreto de su verdadera identidad. Para él era un lastre negar su

propia naturaleza y haber luchado durante tanto tiempo por encajar en una civilización tan ajena a la propia. Pretender ser un duende más del bosque habiendo sido rey en la cordillera. Béébusch vio a su padre desde el palomar, alejándose sin sombrilla y meneando la cola camino al lago, e inmediatamente llamó a su madre:

—¿Qué vamos a hacer, mamá? —preguntó angustiada la pequeña Béébusch, mientras miraban caminar al nuevo duende cola de león.

Eran muchas rarezas y proezas que explicar para una sola noche de tormenta. Mamá B se asomó y vio a Papá K a lo lejos caminando y meditabundo. Como si quisiera que el bosque entero supiera de ese verdadero ser que había ocultado por más de medio siglo. Como si esa cola le perteneciera por primera vez y sintiera orgullo de tenerla. Había sido liberado.

—Mamá, ¿qué vamos a hacer, qué vamos a decir? —volvió a exclamar Béébusch angustiada, esperando una pronta respuesta de su madre sobre qué tipo de información dar cuando empezaran las mil preguntas y los chismes.

Mamá B dejó las herramientas de lado y se arrodilló frente a sus hijos como solía hacerlo cuando demandaba de ellos toda la atención posible.

—Vamos a decir la verdad, solamente la verdad y nada más que la verdad. Sin ofrecer explicaciones ni contexto. Sin pasado ni futuro. Yo soy un hada abeja de la cordillera que, como todas las de mi especie, tarde o temprano pierde sus alas. Papá es un duende con cola de león que de vez en cuando pierde la cordura. Las alas de plata eran un regalo para mí de ustedes mis hijos y hoy se convirtieron en nuestra salvación. ¡Providencial! Eso es todo.

—Pero ¿y la cola de papá? ¿Por qué decidió sacarla precisamente hoy? —preguntó Béébusch.

—¿Te da vergüenza por tu padre? —preguntó Mamá B.

—Para nada, mamá. Sí es suave y hermosa. Lo hace

aún más guapo. Pero tú sabes, cada día nos volvemos aún más diferentes y me molestan los murmullos y las especulaciones de mis amigos en la escuela de magia.

—Pues bien —dijo Mamá B, pensando cuidadosamente su respuesta— que no te importe lo que la gente diga. Eso no va a parar hoy ni parará mañana. La cola de león de Papá K salió el día cuando Mamá B perdió las alas ¿cierto?

—Así es —contestó Bèèbusch.

—Así es, dijo mamá. No hay que decir ni una palabra más ni una palabra menos. ¡Que el mundo entero se imagine cómo diablos funciona ese conjuro —si es que es conjuro— y que revienten en especulaciones tratando de adivinarlo.

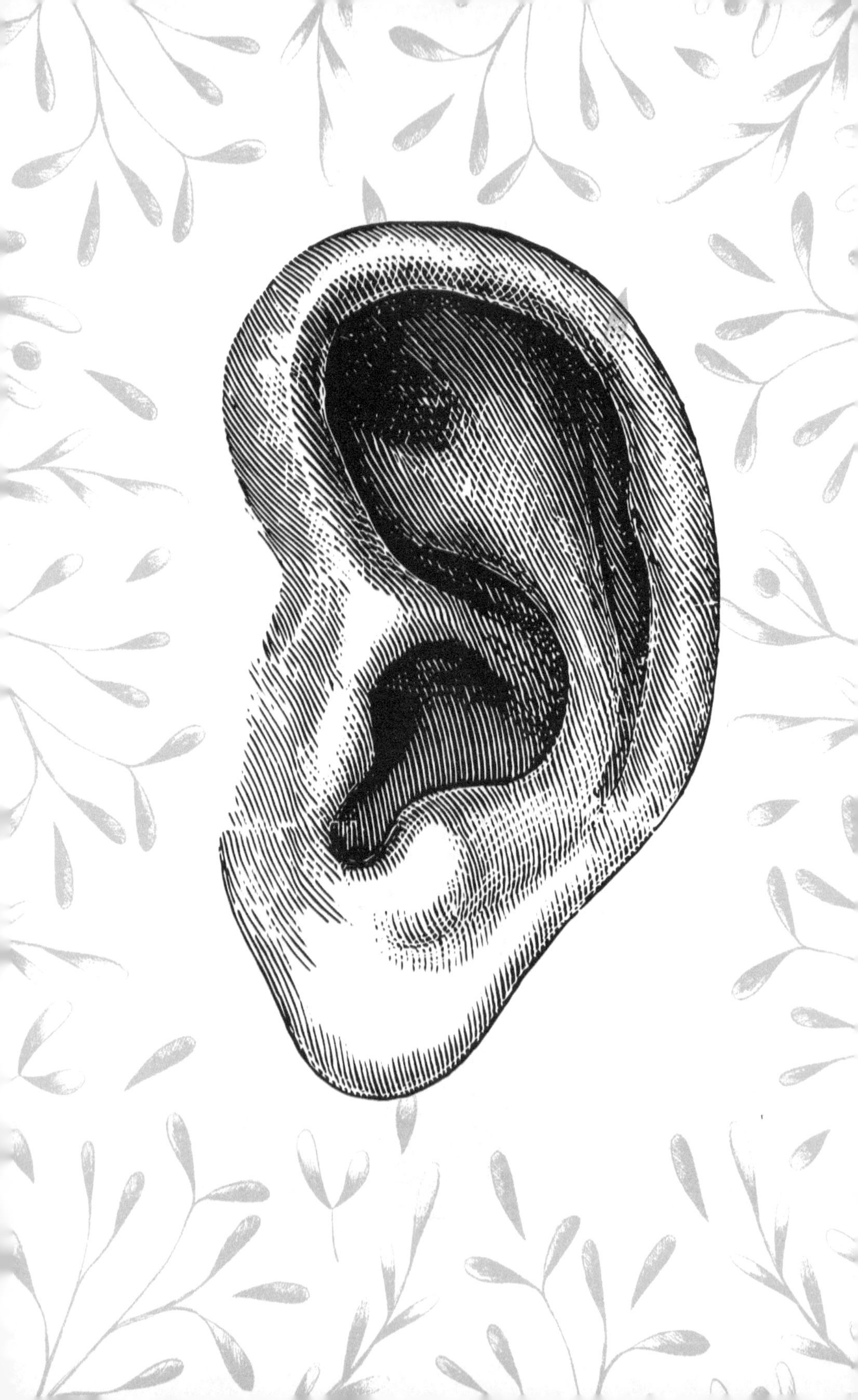

CAPÍTULO 19
A palabras necias, oídos sordos

Cuando la lluvia pasó, después del mediodía, fue mucho más fácil continuar con la instalación de las alas. Los rumores del daño al palomar se habían esparcido rápidamente y, gracias a ellos, muchos de los amigos llegaron a ayudar: el joyero Bao, los vecinos y las hadas abejas amigas de Mamá B que, sin siquiera preguntar, sabían que se les necesitaba. Las más diestras fijaron las plumas bajo la estructura de plata de las alas, algunas cocinaron sopa y arepas de maíz con mantequilla y otras se encargaron de secar el piso del palomar y a cambiar la paja de cada nido, moviendo cuidadosamente los huevos. La solidaridad y la generosidad de la gente del bosque en momentos de crisis era algo que la cordillera no conocía del todo. En la cordillera se les paga a las hormigas para que lleven a cabo diferentes tareas. En el bosque no es necesario pues están los amigos, quienes se convierten en la familia y un apoyo incondicional en el destierro.

Luego de diez horas de trabajo constante, la reparación quedó terminada. Con la luz de un atardecer multicolor y el silencio natural de un bosque que ha sobrevivido a una tormenta, todos contemplaron en silencio el fruto de su trabajo. Bajaron a la cocina de la casa de pino a tomarse un chocolate caliente con queso fundido. Con gran gusto se comieron las provisiones de los días de encierro y todos los pequeños estuvieron extasiados con las galletas y pastelillos de limón. Con cada amigo que se iba, l l e - gaba uno nuevo trayendo noticias. Muchas familias no habían sufrido daño alguno, pero unas pocas casas todavía estaban afectadas con inundaciones y árboles caídos. Un duende del bosque de veintiún ciclos de lunas había sido víctima de un rayo, pues había decidido salir a bailar bajo la tormenta en un acto de irreverencia contra sus padres. Algunos estaban comentando que su piel había quedado cicatrizada y surcada por la electricidad como las venas de una hoja. Otros decían que jamás se iban a borrar esas marcas que le cruzaban medio rostro y toda la espalda. Béébusch sintió compasión por él, pero se alegró de pensar que quizás esa noticia pudiera mitigar las rarezas que acababan de suceder en su casa.

De repente, se empezó a escuchar un ruido muy inusual en el bosque. Todos en la cocina de Mamá B dejaron de hablar para asimilarlo. Muchas aves se habían detenido curiosas en los árboles vecinos, atraídas por el brillo de las nuevas alas de plata en el tejado. Sus comentarios eran un canto tenue que arrullaba la tarde. Pero más allá del lago se oía el rugido de un animal feroz que se aproximaba rápidamente. Dada la rudeza de la tormenta a la que el bosque había sobrevivido, era natural pensar que el ruido estaba asociado con el clima, quizás la formación de un tornado; pero para esa hora los cielos estaban claros, llenos de colores, y no había señal alguna de nubes negras en el firmamento.

Bëëbusch fijó sus ojos en los de su madre, temiendo que el sonido estuviera asociado con la nueva personalidad de león de su padre; y lo estaba, aunque de una forma inesperada. El rugido se acercaba y se mezclaba con las voces alegres de los vecinos. Un objeto de guadua se deslizaba por el camino hacia la casa, como si estuviera levitando. La guadua era un cilindro tan

perfecto y resplandeciente que bajo los rayos de sol de la tarde brillaba como el oro. Sin duda, se sabía que era un objeto inanimado, pero nada que se hubiera visto antes en el bosque. El cilindro se detuvo frente a la casa y del centro se abrió una tapa superior por donde salió triunfante el duende cola de león. Papá K había traído su nuevo gasotransportador de guadua a casa y fue recibido con gran júbilo. Era algo del otro mundo, nada como los que se conocían de antes, que más parecían unas canoas artesanales. Ese GTB se transportaba con unas bandas de oruga que casi ni se veían y, tal como en la gran mayoría de nuestra vida, su diseño interior y sus partes estaba inspirados en los hexágonos de Mamá B. Su espacio interior era tan amplio que cabían dos familias enteras y se podrían movilizar por cualquier terreno del bosque, incluyendo las arenas de cuarzo de la playa del lago. En su ensamblaje, Papá K había utilizado metales muy distintos a los que usaba Mamá B en La Mina. Hierro, acero inoxidable, bronce, cobre y otras aleaciones. Las sillas estaban forradas con piel de venado, y las costuras, en hilo cáñamo de color naranja, lograban que los cojines se vieran abullonados en forma de hexágonos.

Ante la novedad, la gente olvidó —como si les hubieran borrado el cerebro con hipnosis— que el bosque aún estaba en crisis y no era el momento adecuado de celebrar la creación de un nuevo vehículo GTB de esa manera. Pero la intención de Papá K no era deslumbrar, sino ir ayudar a muchas otras familias que estaban atrapadas y habían perdido su casa. Béébusch tuvo un ataque de risa nerviosa. Era una situación casi ideal. No era la primera vez que le sucedía que en instancias de extremo nerviosismo su pequeño ser elegía la risa en lugar del llanto. La risa no paraba.

¡Nadie había notado, ni comentado sobre la nueva cola de su padre! ¿Cómo era posible que la novedad del vehículo hubiera hecho pasar inadvertida esa cola

tan evidente? Incluso a algunos les había rozado el cuerpo y la cara. Para Bëë-busch esa cola dorada era un halo de luz que se movía deliciosamente mientras su padre impartía instrucciones. Su autoridad parecía haberse acrecentado con la presencia de la cola, pero nadie mencionaba nada. Con las lágrimas de risa y el dolor de panza risueña de la pequeña hada abeja, llegó un nuevo momento de epifanía y, por consiguiente, el encendido de su aguijón. ¡Magia! ¡Así funciona la magia! Distorsionando la percepción de la mayoría, jugando trucos con la realidad y las situaciones. Una manipulación magistral por parte de su padre.

Durante tres días seguidos, todos los habitantes del bosque se dedicaron a rescatar a las víctimas de la tormenta y a compartir las provisiones de reserva. Algunos hogares quedaron irreparables, pues estaban sumergidos en el agua, pero el consejo de magia daría viviendas nuevas a todos los que la habían perdido por la tormenta. Los beneficios del sistema de gobierno del bosque eran muy avanzados respecto a los de la cordillera. En los mismos tres días, trabajando a la par, la normalidad volvió al bosque, la casa de pino y La Mina. La casa de Béébusch se había convertido en un hito, por las alas de plata que ahora cubrían de manera bella y funcional el tejado, y una vez de regreso a la normalidad, cuando todo lo malo parecía haber pasado, empezaron los rumores.

Razón tiene Mamá B cuando dice que no hay nada peor en la vida que el "desocupe". Tener un objetivo en la vida —como el de salvar el bosque de una tormenta— nos hace los seres más eficientes y compasivos del planeta; pero es inevitable que una vez se solucionan los problemas básicos de sobrevivencia, los seres de magia tienden a inventarse problemas inexistentes en su mente. Para las hadas abejas es muy difícil comprender ese tipo de comportamientos, pues no conocen el descanso y carecen de tiempo para andar hablando de los demás.

Los rumores empezaron en la escuela de magia, debido a aquella hada abeja conocida como la "vieja Elena". A pesar de no asistir a la misma escuela de magia, a la distancia logró sembrar dudas en otras haditas y llegar como una flecha ponzoñosa al corazón de Béébusch. Por fortuna, la inocencia y la falta de maldad de sus mejores amigas les permitieron acercarse a confirmar los rumores:

—¿Es cierto que tú no eres hija de tus padres, porque tienes alas difusas de mariposa? ¿Es cierto que tu hermano duende es adoptado también? ¿Es cierto que tus padres eran unos "sin permiso" que entraron al bosque cruzando el río a nado?

—¿Es cierto que tu madre es también bruja clarividente y, por ello, tenía preparadas esas alas de plata para arreglar el tejado tras la tormenta?

—¿Es cierto que eres tan alta como tu padre, porque tu aguijón es una cola de león escondida como la que él tiene?

El bombardeo de preguntas era agobiador. Bëëbusch sintió ganas de llorar, de gritar y de pelear; pero siguiendo instrucciones de su madre, respiró profundamente y se limitó a repetir la verdad tal cual era:

—Yo soy hija de un hada abeja de la cordillera que, como todas las demás, algún día perderá las alas. Mi padre es un duende de cola león que prefería llevarla escondida. Las alas de plata las hicimos mi hermano duende y yo como un regalo para nuestra madre. Nunca imaginamos que llegarían a reparar nuestro tejado en el palomar, luego de la noche de la tormenta. No le veo misterio —dijo Bëëbusch con precisión. Tuvimos mucha suerte de que funcionaran de esa manera.

—¿Qué dices? ¿Las alas las hicieron tú y tu hermano? ¿Cómo puede ser que sepas hacer eso? —preguntaron sus amigas.

—Mamá B y Papa K nos enseñan todo lo que saben. No fue tan difícil —contestó Bëëbusch.

Acto seguido, y aunque le costó trabajo reconocerlo añadió:

—Mi hermano duende fue quien más trabajó en ellas con Bao, el joyero de Mamá B. Ese pequeño duende tiene mucha más habilidad con sus manos que yo.

—Yo quisiera aprender a hacerlo, trabajar con mis propias manos, quiero decir —dijo la nueva Elena—. Además, ¿de dónde salen esos rumores tan desagradables sobre la familia de Bëëbusch? —les preguntó a las demás haditas—. De donde yo vengo, eso no se llama ser una buena amiga. Ya estoy entendiendo por qué les dio tanto gusto que la "vieja Elena" se fuera.

La más pequeña de las haditas, que tiene un ciclo de lunas menos que todas las demás, confesó bajo presión que se había visto con la "vieja Elena" la noche anterior, quien le había contado todas esas mentiras. Se disculpó con un abrazo estrecho y prometió no volverlo a hacer.

Los murmullos tomaron otro color y pasaron de ser el drama del día a la posibilidad de aprender algo nuevo y a tener cobertores de plumas de palomas para proteger las alas. La historia sobre la cola de león de Papá K generó comentarios muy distintos. Había un respeto reverencial sobre el tema, como si esa cola de león le diera estatus de rey de la selva y del bosque. Las reacciones fueron muy distintas. A la inmensidad, fuerza y altura de Papá K, se les había sumado un elemento adicional que generaba un temor muy sutil. El pequeño hermano duende, incluso, estaba ilusionado con la posibilidad de que algún día le saliera la cola y, por ello, se la pasaba mirando su trasero en cada ventana, soñando con la posibilidad. El encanto que generaba en las hadas, con su mechón de pelo rubio sobre las cejas, bien podría ser complementado con una cola dorada y sedosa como la de su padre. En el entretanto se deleitaba contando cómo había hecho las alas y mostraba los cortes y las cicatrices que le había dejado la manipulación del metal en sus dedos. Era un pequeño héroe e iba a disfrutar de toda la atención que le estaba llegando.

Su hermana ya había deslumbrado con su hermosura, su inteligencia y su voz durante mucho tiempo. Ahora le tocaba a él ser el "salvador" de su familia.

CAPÍTULO 20

La unión hace la fuerza

La noticia del tejado con las alas de plata se extendió más allá del bosque, con el primer ciclo de luna llena. La luz de la luna se reflejaba en la plata y hacía que brillara como un faro, y el rayo se veía a cincuenta millas a la redonda. El palomar, que antes era una zona relegada en la casa de pino, se había convertido en un lugar muy especial para la familia. Antes era una obligación alimentar las palomas, lavar el piso cubierto de excrementos —muy desagradable, por cierto— y recoger los columnogramas, ahora era encantador simplemente estar allá a cualquier hora del día.

Bëëbusch aprendió a reconocer el sexo de los pichones y cómo de cada dos huevos que ponen las parejas, siempre nace un macho y una hembra. Con sus observaciones nació una marcada necesidad de llevar un inventario, de darles nombre a todas las palomas, de llevar registros del número de crías y de los patrones de vuelo. Era muy especial saber que, como los seres mágicos del bosque, las parejas permanecían fieles a una sola paloma toda la vida. Los machos, en su labor de proteger y construir los nidos, y las hembras, en su labor de poner los huevos y cuidar las crías. Los tipos de palomas y sus colores eran distintos, pero predominaban aquellas de cuello iridiscente, como las perlas negras del mar de Tahití que Mamá B tiene en La Mina. Se volvió rutina recoger y clasificar las plumas para poder mantener el cielo raso de las alas de plata, pero llegó un momento en que las plumas ya eran demasiadas y Mamá B no encontraba la forma de almacenarlas.

—Tengo una gran idea —dijo Béébusch—. Todas mis amigas están obsesionadas con tener un cobertor para sus alas, hecho de plumas, como el que tenemos ahora en el palomar. ¿Por qué no les enseñamos cómo hacerlo aquí en La Mina? La cámara del crear tiene espacio suficiente para dictar clases, y las podemos invitar una vez a la semana, después de la escuela y cobrar unos granos de oro. ¿Qué te parece?

Mamá B estaba encantada de escucharle a su hija

una propuesta de negocios. El resultado feliz de su trabajo y todo lo que le había enseñado sobre cómo ser productiva. Iba a significar un esfuerzo para toda la familia; pero los lunes que no había trabajo con los joyeros artesanos, bien se podría recibir a un grupo de infantes y ponerlos a trabajar, de manera que combinaría así su pasión por la joyería y la enseñanza. Ello le parecía un sueño hecho realidad.

—¡Mis amigos duendes también quieren aprender! —añadió el pequeño duende, quien al final se llevaba todo el crédito de haber terminado la obra a tiempo—. Todos los días tengo que contar un pedazo distinto de mi historia.

—Muy bien —dijo Mamá B—. Pero será un proyecto de todos  y no solo mío, ¿de acuerdo? Podemos empezar con un grupo pequeño. Tres hadas amigas y tres duendes. Ustedes deben conseguir a quienes quieran participar y solicitar por adelantado el pago en granos de oro. Yo haré un documento donde estableceremos las reglas —Mamá B adoraba inventarse reglas— y cada lunes, durante dos horas, les enseñaremos a tejer sus propias alas.

—¿Podemos invitarlos también a probar nuestro té de durazno con pastelitos de limón? —dijo Bèébusch, orgullosa de sus habilidades como repostera.

—Sí, podemos incluirlo como parte del paquete;

pero debemos cobrar un poco más para tener con qué comprar los ingredientes.

—¿Podemos traer a los participantes en el gasotransportador de papá después de la escuela de magia? —preguntó el pequeño duende.

—¡Claro que podemos! Hay espacio para todos —dijo Mamá B, entusiasmada con la idea de llenar el vehículo y la casa de gente. Si de algo disfrutaba era de las reuniones en casa, sin importar la ocasión.

A la mañana siguiente, Mamá B tenía preparados seis sobres para invitar a los primeros alumnos a participar en el programa "Crea tus Alas". Estos eran relativamente grandes y fabricados por Mamá B con papel hecho a mano y pétalos de rosa aromáticos y contenían los documentos escritos con la pulcra letra de ella. Luego los había sellado con lacre rojo y estampillado con el sello de la familia. Las condiciones para participar eran bastantes, pero necesarias. Por ejemplo, los padres de hadas y duendes debían garantizar que no culparían a Mamá B por cortaduras y pinchazos en los dedos de los pequeños mientras se trabajaba en las alas. Los alumnos debían ponerse delantales como todos los que trabajan en La Mina, seguir instrucciones, cumplir con el plan de trabajo y comportarse adecuadamente.

Las clases durarían doce semanas y terminarían con una celebración de invierno, en la cual todos estrenarían las alas. Bëëbusch se sentía orgullosa del respaldo que había recibido de su madre y no dudaba de que al final del día las tres primeras alumnas estarían oficialmente inscritas.

La vida de Papá K, con su cola de león, también había cambiado. Con la presencia casi intimidante que le daba la cola, llegó una dulzura a su personalidad y un comportamiento que tenía sorprendida a Mamá B. Había recibido encargos para la construcción de una serie completa de sus gasotransportadores de guadua y, en honor a Mamá B, había denominado este segundo modelo de lujo el P2 (en anglosajón sonaba como el apodo de la infancia de Mamá B, y en español, como una palabra que siempre haría reír a los pequeños). El problema era que la guadua con la que se hacían los vehículos venía de la cordillera, y ello implicaba que papá iba a tener que viajar con mucha más frecuencia para importar los materiales necesarios. La ausencia de papá era encantadora los primeros días en los que tanto Bëëbusch como su hermano duende podían alternar para quedarse a dormir en la cama grande, junto a Mamá B. Pero después de muchos días, su presencia dejaba un vacío muy grande. Más de una semana de ausencia significaba un desgaste enorme para Mamá B, quien debía hacer el doble del trabajo para mantener la casa y la mina andando. Ahora precisamente que el programa "Crea tus Alas" iba a empezar, la logística podría complicarse un poco. Solo quedaba esperar el regreso de los infantes de su escuela para saber si había algún interés en las lecciones.

Los pequeños llegaron de la escuela dando saltos y gritos, pues no solo tenían a los seis participantes, sino a otros seis que querían participar en el siguiente curso. La acogida había sido impresionante. Al parecer,

la familia ya no era vista como una rareza inmigrante, sino como una atracción turística. Los primeros seis estudiantes no solo tenían interés en aprender a hacer alas, sino en montar en el gasotransportador de guadua, ver las alas de plata del tejado, aprender de palomas y poder ser testigos —aunque de lejos— de cómo la magia de Mamá B podía transformar metales en amuletos.

Era un momento coyuntural. Adaptarse sin quejarse era absolutamente necesario. Los viajes de papá no se podían evitar, el trabajo de La Mina crecía cada día y los primeros alumnos del proyecto estaban disponibles para empezar en dos semanas. Ello implicaba que Mamá B iba a mejorar las circunstancias como mejor lo sabía: ampliando su grupo de

apoyo como lo hacen todas las hadas abejas en sus panales y distribuyendo los oficios de la forma más eficiente en pro del bien común. Sin dudarlo un instante, mandó a llamar a su gran amiga Latosi, un hada abeja de la cordillera, experta en costura, fibras y telares. Ella no solo estaba dispuesta a ayudar en lo que fuera, sino que tenía una creatividad muy especial, pues reciclaba hilos de tela de araña, alas y plumas, fibras vegetales y pieles de animal. Seguramente, estaría interesada en recibir granos de oro en parte de pago por ayudar en el proyecto educativo.

De igual forma, llamó a Lanena, hermana mayor de Latosi, quien era experta en culinaria y gastronomía. Si ella al final del día colaboraba con el servicio de té y los bizcochos para los niños, sería perfecto. También tendría la oportunidad de enviar algunas muestras a casa con los alumnos y hacer conocer sus deliciosos productos por todo el bosque. Curiosamente, estas dos hadas abejas, que tenían un poco más de ciclos de luna que Mamá B, habían perdido sus alas. Ello estaría perfecto para confirmarles a los infantes del bosque que, de hecho, la pérdida de las alas les ocurría a todas las hadas de la cordillera, sin excepción alguna. Era un placer verlas a las tres hacer planes en la mesa de la

cocina de la casa de pino mientras bebían café caliente de la cordillera como si les supiese a gloria y mientras hablaban todas al tiempo, saltando de historia a historia, planeando, recalculando y muriéndose de risa en el proceso.

Entre tanto, Bëëbusch las miraba detenidamente. Su análisis de los especímenes del palomar le había abierto un nuevo horizonte y ahora lo quería saber todo sobre la verdadera naturaleza de los seres mágicos. Esas tres hadas abeja de cordillera se movían como si estuvieran en un panal fabricando miel. Cada una de ellas se comportaba como la abeja reina y reproductora en su casa; pero en el bosque habían experimentado lo que era trabajar como obreras, para lograr la supervivencia de su especie. De alguna forma, se habían quitado su corona para darle un mejor futuro a su propia especie.

Bëëbusch empezó a hacer una lista de todos sus amigos de la escuela de magia, hadas y duendes, de los que hablan una lengua o dos, de quienes tienen alas o algún otro elemento distintivo. Ya tenía clara su propia procedencia, la mutación de sus alas al haber nacido en un territorio diferente al de sus padres, así como la versatilidad de su aguijón para determinar un peligro inminente o celebrar una epifanía. Mas ahora tenía la necesidad de saber mucho más y entender eso de vivir en sociedad, a pesar de las diferencias. Los distintos grupos de seres mágicos y animales fueron agrupados en hexágonos —era de esperarse, por su proveniencia—; pero el color azul de la barra de cera con que escribía no se parecía al color oro de todos los hexágonos que rodeaban su vida. Sonrió de pensar en una hermosa coincidencia, que tanto la miel como el oro tienen el mismo color: se  pueden derretir y solidificar en estructuras distintas. A medida que agrupaba su círculo de conocidos en una grilla hexagonal, empezó a comprender la "conjetura del panal de abeja" de la que su madre tanto hablaba. Los hexágonos eran las formas más eficaces para desarrollar una estructura sin que hubiera espacios de por medio. No los círculos, ni los triángulos. ¡Ni siquiera los cuadrados!, pues si los panales fueran cuadrados, las abejas no podrían sacar la miel de las esquinas. Muy seguramente son solo los hexágonos los que permiten el uso mínimo de cera en la construcción del panal tridimensional. Incluso el uso mínimo de materiales de construcción y oro en los amuletos de mamá.

Béèbusch empezó a dar saltos por la cocina con su libro de notas en la mano y su aguijón encendido en señal de epifanía.

—¡Lo tengo, Mamá B, lo tengo! Acabo de comprender la conjetura del panal de abeja. ¡Los hexágonos son mágicos! Son la clave de la eficiencia del panal.

—Así es Béèbusch —le dijo su madre en un abrazo

largo y complacido—. Lo descubriste. Los hexágonos no solo funcionan en el panal, sino que resuelven problemas de eficiencia en muchas otras estructuras y diseños —con cariño le enderezó las antenas a su pequeña, le dio un beso en el cachete y le mostró la parte posterior del amuleto que siempre llevaba en el cuello—.

Bëëbusch llevaba puesto su medallón desde sus primeros dos ciclos de lunas, pero nunca se había puesto a mirar la parte posterior que también narraba una historia. El pendiente estaba aligerado con una retícula de hexágonos y, en algunos de ellos, Mamá B había ido soldando —sin que su hija se diera cuenta— pequeños símbolos de oro que registraban su propia historia. Tomando la lupa que siempre colgaba del cuello de su madre y que, además, sabía usar con destreza, Bëëbusch analizó lo que había dentro de la retícula hexagonal. Aún tenía muchos espacios vacíos, pero algunos llevaban miniaturas de oro de dieciocho quilates hechas por su madre, que resaltaban preciosamente sobre el platino blanco del resto del medallón. Los hexágonos eran perfectos para que el pendiente tuviera un tamaño considerable sin pesar demasiado, aprovechaba la belleza del material y ofrecía una nueva posibilidad de personalizar el amuleto.

Con el poder magnificador de la lupa, observó una estrella miniatura dentro de un círculo, que representaba aquella donde vive el abuelo Chema y que puede verse desde el óculo de La Mina. También la cara de Pepper Rose —la guardiana felina—, finamente tallada.

La silueta de sus propias alas difusas de mariposa y la silueta de las alas de abeja que alguna vez tuvo su madre. Una paloma. La figura de su padre con la punta de la nueva cola de león asomándose por la espalda. Su hermano duende, orejón, cuando era más pequeño, pero con su mechón de pelo sobre el ojo izquierdo. En todo el centro, una abeja reina. Una abeja reina que en principio no representaba nada para Bëëbusch. No supo distinguir por un instante qué podría significar hasta que, mirando a los ojos de su madre, indagando con la mirada en lo más profundo de su ser, supo, sin tener que preguntar ni esperar una respuesta, que su madre era una abeja reina. ¡La más larga de todas las hadas abejas, con las alas más cortas! Pero ¡claro que sí! ¿Cómo es que no se había dado cuenta antes?

Tomó el pendiente de su madre, que como el de Bëëbusch lleva el sello de la familia al frente y los comparó. Así vio como la parte posterior era distinta. Su madre llevaba un sello real de la cordillera que confirmaba su origen noble y donde se veía su ser con una corona en la cámara real de la cordillera rodeada por un panal entero de obreras y zánganos. Mamá B mantuvo la mirada de su hija sin pestañear y muy suavemente le pasó el dedo índice por la boca, en señal inequívoca de que debía guardar este secreto, que como siempre y mientras iba creciendo las explicaciones tarde o temprano llegarían.

Miró a Latosi y Lanena, quienes seguían en su propia conversación, sin notar lo que había pasado entre Bëëbusch y su madre. Por un instante sintió la imperiosa necesidad de montar un drama de "por qué no me la habían dicho antes", como tantas veces lo ha visto de haditas del bosque que se sienten relegadas, al no recibir información a tiempo; pero poco a poco la invadió la certeza de que era hija de dos seres especiales y que la sangre que corría por sus venas estaba llena de nobleza, méritos y aventuras. Luego, apoyó su frente en la de su madre y le transmitió mudamente todo su amor y subió a su alcoba en la torre del pino, diciéndole sin decirle que su secreto estaba a salvo.

Acto seguido, empezó a analizar su propio entorno y cómo esa geometría y simetría natural de los hexágonos había sido replicada en la construcción de su propio hogar. Aunque quería saberlo todo, esta vez no necesitaba explicaciones sobre Mamá B. En lo más profundo de su ser, ella bien sabía que su madre siempre había sido un hada abeja única, como ninguna otra y que su sola presencia —feromonas de abeja reina— eran fuente de inspiración, dicha y reverencia para muchos otros. Con ese sentimiento tan acogedor de reconocerse a uno mismo, su procedencia y su futuro, tomó la guitarra y se puso a cantar al viento, a través de la ventana.

Tu y yo	You & I
Por: Bëëbusch	By: Maria Deirisarri

Verso I	*Verse 1*
Así empieza nuestra historia de amor	It all started when we fell in love

Te miré a los ojos y vi tu esplendor	I looked into your eyes and I saw heaven above
Sentí algo enorme que podríamos perder	But I didn't know that we had so much to lose
Cuando te pude al fin, reconocer	In that small moment I fell in love with you
Oh...	Oh...

Verso II	*Verse 2*
Seré tan tuya como tú para mí	I'll never leave you, but would you do the same?
Así me odies y tú te quieras ir	Even in the hottest in the red burning rage?
Volverás y a mi lado estarás	Take my hand and never let go
Porque este amor, no se acaba jamás	because I love you and I'm sure that you know
Oh...	Oh...

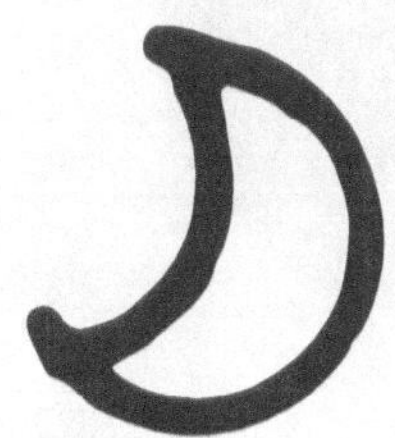

CAPÍTULO 21

Si la vida te da limones, haces limonada

La casa de pino vibraba con actividad. Papá K ya había iniciado sus viajes frecuentes a la cordillera con el propósito de importar la guadua para sus gasotransportadores. Por desgracia, el bambú que crecía en el bosque nunca alcanzaba el diámetro necesario para acomodar el motor, ocho pasajeros y demás comodidades del GTB-P2; el diámetro ideal era de entre 10 y 15 granos de arroz. La guadua era de la misma especie vegetal, pero crecía en lugares cercanos a la línea media del planeta donde no hay estaciones y la luz es uniforme durante todos los ciclos de lunas. Mamá B lo veía irse con ilusión, por tan grandiosa oportunidad laboral, pero con nostalgia por los días de arduo trabajo que significaba quedarse sola en el bosque a cargo de la familia y La Mina. Ese primer prototipo del GTB-P2 era ahora propiedad de Mamá B y eso le permitía mayor movilidad y eficiencia; pero el proyecto

"Crea tus Alas" había sido tan bien recibido que no solo se iban a dictar cursos los lunes, sino también los jueves por la tarde.

Los primeros inscritos fueron tres hadas y tres duendes muy particulares. Bëëbusch había descubierto una nueva pasión con la clasificación de las palomas, y ahora la catalogación y estadística eran cosa de todos los días. El tipo de estudiantes inscritos no se había librado del ojo analítico de la pequeña hada abeja

—Mamá B, tenemos un total de seis inscritos, tres de ellos hadas de entre diez y doce ciclos de lunas, y tres de ellos, duendes de entre ocho y nueve ciclos. Todos nacidos en el bosque y todos ellos dispuestos a venir a la mina en el GTB después de atender la escuela de magia. Ninguno sufre de alergias alimenticias y todos, sin excepción, son bilis como nosotros. Con mi hermano duende y yo, somos un total de ocho estudiantes.

—¿Bilis? —preguntó Mamá B sin saber el significado de esa palabra—. ¿Qué quiere decir bilis? Tú ya sabes que es mejor que no mezclemos nuestros dos idiomas en casa.

—Precisamente —dijo Bëëbusch—. Bilis quiere decir que hablan dos idiomas. Créeme, Mamá B, que ya traté de enseñarles a decir bilingüe en español, pero explicarles a quienes hablan anglosajón lo que quiere decir la diéresis sobre la letra u es un poco complejo. Que la u a veces se pronuncia, que a veces no. ¡No me entienden!

—¿Todos hablan español y anglosajón? —preguntó Mamá B—. ¡Qué feliz coincidencia!

—No todos, algunos. Algunos otros hablan español con otra lengua de su familia.

Mamá B sonrió complacida. De alguna forma se confirmaban sus sospechas de que el corazón de un inmigrante era un corazón distinto y más abierto a

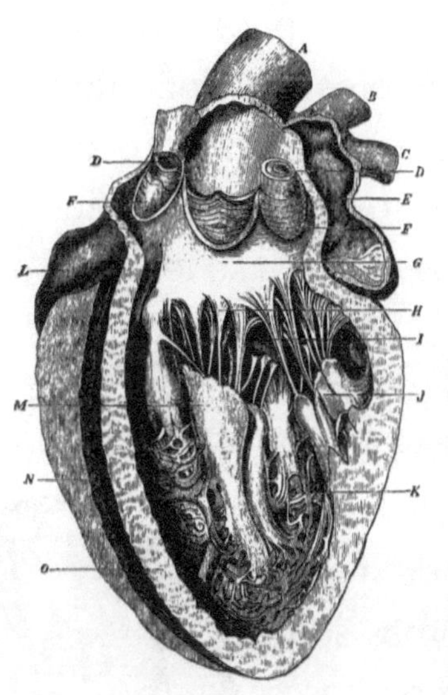

nuevas cosas y posibilidades. Que existía un acuerdo tácito entre aquellos que han venido de otras tierras en respaldarse los unos a los otros. Entusiasmada con la multiculturalidad de los pequeños que iba a tener en su clase, confirmó que el nombre del proyecto "Crea tus Alas" era casi un augurio. La oportunidad de enseñar un oficio, pero también de promover el diálogo entre infantes que, en el afán de todos los días en la escuela de magia, no habían aprendido el valor de aprender a conversar. De intercambiar ideas y hablar sobre su propia cultura. Tampoco tenían tiempo de aprender buenos modales en la mesa, y eso también quedaría parcialmente solucionado al final del curso.

En la primera clase no hubo mucho trabajo, pues

los pequeños recibieron un tour por la casa de pino,

empezando por el palomar y sus famosas alas en el tejado y terminando por La Mina. Hubo mil preguntas sobre la noche de la tormenta y muchas otras sobre las palomas y los nuevos pichones. Algunos pequeños duendes estaban muy entusiasmados por saber cómo Mamá B usaba el fuego para manipular los metales; pero fuego con infantes era algo que no se iba a mezclar en este curso. Bëëbusch recordó cómo no hacía mucho La Mina era un lugar absolutamente prohibido para los niños, y ahora se les recibía como si fueran ellos mismos una piedra preciosa en bruto a punto de ser cortada y pulida. Sin duda lo eran y sus ojos de emoción y sorpresa eran el mejor regalo para Mamá B. Cada uno llevaba un delantal color azul celeste de manga larga y botones rojos con plumas sobre el cuello. Cada uno tenía su propio casco de bellota para poder trabajar con seguridad. Los puestos iban a ser fijos durante las doce semanas de duración del curso, y cada estudiante era responsable de dejar su lugar impecable después de cada clase o incluso mejor. Aprender a trabajar organizadamente era otro propósito ulterior del curso.

Lo primero que iban a hacer era reconocer y escoger los tipos de plumas disponibles. Después de una breve descripción de Mamá B, la selección resultó ser algo caótico, pero muy divertido. No todos los pequeños tenían la motricidad fina de Bëëbusch y su hermano duende, y entre plumas que volaban y se caían al piso, empezó un ataque de risa nerviosa grupal casi imposible de controlar. Una guerra de plumas que no hacía parte del currículo del primer día. Mamá B aprovechó la oportunidad para darles una de las lecciones más importantes que ella misma había aprendido en su vida como diseñadora de joyas. El aprender a reconocer la magia de los accidentes inesperados. Las plumas que habían volado por toda la cámara del crear ya no tenían la más remota posibilidad de ser reorganizadas en tan corto tiempo; pero en el caos había belleza, y del mal comportamiento, iban a haber consecuencias.

Mamá B tomó un martillo de hierro de moldear y golpeó el yunque de su banco con el que produjo un ruido ensordecedor que dejó paralizados a todos los pequeños. Lo había hecho a propósito, pues ella sabía que era hora de detener el "relajo" y retomar el curso de la clase. Les informó que este tipo de comportamiento no iba a volver a ser tolerado y que la selección de las plumas se haría al azar. Con ayuda de Latosi, su gran amiga y asistente del proyecto, esparcieron las plumas en el piso de la cámara en forma de rectángulo con ayuda de una escoba y de un rastrillo.

Con cuerdas de yute perfeccionaron los ángulos rectos y dividieron el rectángulo en ocho partes iguales, sobreponiéndolas sobre las plumas cuidadosamente. Acto seguido, Mamá B preguntó a los estudiantes su fecha de nacimiento y la anotó en el tablero. Béèbusch, nacida un día 28, fue la primera de la lista y su hermano duende, nacido el día 26, el segundo. Los demás niños les sucedían en número.

Mamá B permitió al último de la lista —nacido un día 2— escoger uno de los cuadrantes de plumas que veía en el piso. Ese pequeño temblaba de susto, como quizás lo hacía en la escuela de magia cuando estaba en problemas. Mamá B se sorprendió un poco de ese temor reverencial a la autoridad, pero cariñosamente le explicó que no se trataba de un castigo, sino de una división justa de los materiales. Uno a uno fue recogiendo su cuadrante de plumas y depositándolo en la canasta asignada. Algunos —especialmente las haditas— estaban molestos con la variedad de colores y tamaños que les había tocado a la suerte, pero Mamá B estaba encantada con esa molestia, pues ya aprenderían cómo hacer lo mejor con lo mucho o poco que tenían. Béèbusch se molestó de no haber sido ella la primera en escoger, pero pronto comprendió que su madre había hecho la selección a propósito, para no mostrar preferencia por sus propios hijos.

Una vez terminada la asignación de plumas y el breve curso de fibras que les dio Latosi, pasaron a la cámara del dar, donde Lanena tenía preparada la mesa con la vajilla familiar de Mamá B que algún día le pertenecería a Bëébusch y sería disfrutada por futuras generaciones mientras la porcelana resistiera. La escena era tan hermosa que los pequeños no sabían bien qué hacer: si lanzarse sobre los pastelitos y dulces, como acostumbraban en la escuela de magia, o rechazarlos, de temor a no saber comportarse apropiadamente. Bëébusch lo notó y pidió permiso a su madre para indicarles cómo sentarse muy rectos en la silla, cómo poner la servilleta en el regazo, cómo partir los pastelitos en pedazos antes de llevarlos a la boca, en lugar de morderlos de una vez. Pocos aceptaron tomar el té, pues prefirieron repetir jugo de patilla con menta y cerezas. Bëébusch los enseñó a jugar "Favoritos", un juego de mesa muy simple que ha sido una tradición familiar en la casa del pino, y así empezaron los ocho a conocerse un poco más, al compartir preguntas tan simples como cuál es el color o pájaro favorito, cuál era su miembro de la familia preferido o el truco de magia que quisieran aprender a manejar. Les mostró con orgullo los detalles de las cucharas de plata y los dibujos en la porcelana de las tazas. Les repitió cómo había aprendido de su madre que portarse adecuadamente en la mesa esa la mejor forma de agradecer los alimentos recibidos, la compañía de los presentes y las manos de quien los ha preparado.

Al final de la tarde, cada uno de los chicos se fue yendo para su casa, llenos de ilusión y agradecimiento. Pocos se despidieron oportunamente, pues no podían dejar de contarles a sus padres lo que habían hecho en la casa de pino. Mamá B estaba cansada y prefirió no invitar a ninguno de sus hijos a dormir en la cama con ella mientras Papá K estaba de viaje. Las noches ininterrumpidas eran un lujo que pocas veces se podía dar y hoy necesitaba una de ellas; pero Beebusch no podía dormir y llegó silenciosamente a la alcoba de sus padres con la esperanza de que su madre no se hubiera dormido.

—¿Estás despierta, mamá?

—Sí, ¿qué te pasa Béébusch, te sientes enferma? —De un salto se paró de la cama a revisar a la pequeña, tocándole la frente y el cuello, en búsqueda de una posible fiebre. Como una abeja autómata, que no sabe bien qué hacer pero lo hace.

—No, no te preocupes, mamá, es que quiero hablar de cosas de la vida contigo.

A pesar del profundo cansancio, Mamá B no iba a rechazar una conversación transcendental con su hija, pues era una posibilidad que siempre quería dejar abierta. Para cualquier pregunta, cualquier duda y a cualquier hora del día, en cualquier lugar del mundo si fuera necesario. Cuando la pequeña quería hablar de "cosas de la vida", era porque el tema no la dejaba dormir y la temperatura de su aguijón curioso le molestaba en la espalda baja.

—Cuéntamelo todo, sin omitir detalles —dijo Mamá B como usualmente acostumbraba. Tratando de abrir sus ojos dormilones en señal de atención total.

—Yo sé quién eres —dijo la pequeña—. Pero aún no entiendo.

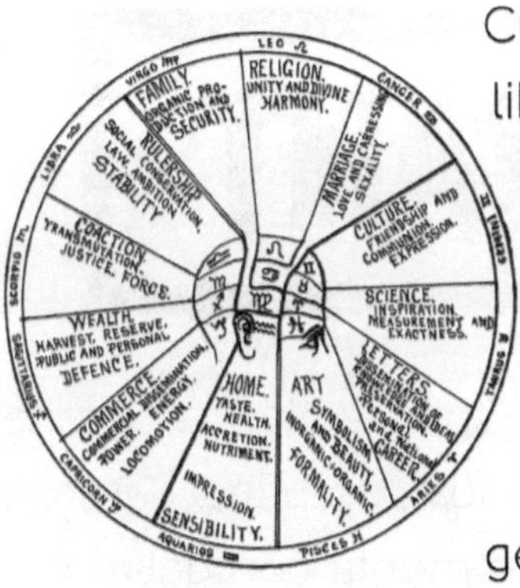

Cuidadosamente, le mostró su libro de notas, donde no solo había clasificado las palomas, las especies de guardianas felinas, los estudiantes del curso "Crea tus Alas", sino también a su propia familia, las generaciones anteriores y todas aquellas hadas abeja de la cordillera que ahora viven en el bosque. Las había dibujado y catalogado, analizado los lugares de la procedencia, la edad a la cual habían perdido las alas, la estructura de su cuerpo y la de sus familias. Estaba en busca de respuestas sobre su propia existencia y estaba tratando de buscar las primeras respuestas en su mejor modelo, su madre.

—Yo sé que eres un hada abeja reina y estás pretendiendo no serlo, Mamá B. Quiero saber por qué ¿Por qué quieres parecer una simple abeja obrera? ¿Por qué te dejaste arrancar las alas de papá sin darle ningún castigo? ¿Sin siquiera llorar por ello?

Mamá B se incorporó como si hubiera tomado una taza de café de la cordillera y durante un momento permaneció en silencio, mirándola fijamente. Entre el cansancio y la trascendencia de la pregunta, no sabía muy bien qué hacer y dijo:

—Sí, todavía soy una abeja reina; pero es mejor que nadie lo sepa en el bosque. Ven conmigo a La Mina. Te voy a contar parte de tu historia.

Juntas bajaron envueltas en su bata blanca de lana de oveja con sus espejuelos y sus pantuflas. Pararon en la cocina a servirse un té de menta con galletas y bajaron silenciosamente a La Mina. El encanto de la casa de pino en la noche, bajo la luz de la luna llena, era arrullador.

SKETCHING TABLET

CAPÍTULO 22

Uno es esclavo de lo que dice y dueño de lo que calla

Con ayuda de la guardiana felina y la combinación de llaves, madre e hija abrieron la bóveda de seguridad. Tras la pared donde se guardaban las joyas de esmeraldas hechas por Mamá B había un compartimiento secreto que guardaba tres cápsulas metálicas de igual tamaño y brillo. Una de bronce, una de plata y una de oro. Mamá B procedió a abrir el tubo de bronce, girando las dos mitades hacia la izquierda y derecha, siguiendo un patrón de movimientos que su hija no pudo memorizar. Tomó cuidadosamente los documentos que había enrollados en la cápsula y se los mostró a Bëëbusch.

—Mira, hija. Hace muchos años, en la cordillera, cuando mis dos hermanas y yo nos convertimos en hadas adultas y aún vivíamos en la colmena de la abuela Connie Joe y el abuelo Chema, tuvimos un serio problema. La salud del abuelo flaqueaba de tanto trabajar y las feromonas de la abuela se desvanecían de angustia e impaciencia. Como tú bien sabes, cuando la reina deja de producir su aroma real, el balance del panal se rompe y se inicia el ciclo de remplazo de la reina, a partir del cual se escoge a un grupo de abejas obreras que puedan remplazarla. Tanto a mis hermanas como a mí nos empezaron a alimentar con jalea real, pues temían la abdicación de la abuela al trono. La triste realidad es, Béébusch, que yo era la más sabia, la más alta y la mejor adaptada de mis hermanas para sucederla. Era un hecho que sería la primera en salir de las cámaras reales, y quien primero sale de la cámara real y se convierte en abeja reina debe matar a todas sus rivales.

—¡Oh no, no puede ser! Yo no sabía eso —dijo Béébusch llevándose una mano al corazón y otra a su boca, llena de angustia y asombro—. ¿Qué hiciste entonces?

—Dejé de recibir la jalea real y se la di a tu tía María T, para que creciera mucho más fuerte y mucho más rápido que yo.

—Pero, ¿querías que ella fuera reina primero y te matara?

—No. Para ese entonces la tía María T ya se había enamorado de un zángano del bosque y tan pronto como se convirtió en reina se fue con él a hacer su propia colmena, lejos de todos nosotros. Yo estaba segura de que ese zángano era bueno. El abuelo Chema me lo había garantizado.

Mamá B se detuvo, tratando de contener la tristeza que su pasado le producía. La relación con la tía María T —su hermana mayor— siempre había estado determinada por la comparación y la competencia al trono. Es difícil que la naturaleza de la propia especie y el bien de la mayoría obliguen a los seres mágicos a hacer cosas inimaginables.

—Y ¿la tía María J? —preguntó Bëëbusch—. ¿Qué pasó con ella si era mucho más joven que tú?

—Mi hermanita adorada... Ella no tenía futuro, ni por su juventud ni por su tamaño, para coronarse antes que yo. Así, consciente de que yo jamás sería capaz de quitarle la vida a nadie, hacerle daño a mi madre o a mi hermana, tomé la decisión de huir en la media noche en que me convertí en reina, casarme con el primer pretendiente que había disponible y alejarme de ellos para siempre.

Cuidadosamente, desenrolló los documentos donde había dibujos que ilustraban retazos de su vida. Era hermoso ver a Mamá B joven con su familia y sus hermanas. Estaban los registros de nacimiento de toda la familia. Estaba el registro matrimonial del abuelo Chema y la abuela Connie Joe...

—Mira, Béébusch —anotó Mamá B—, la abuela Connie Joe tenía tan solo dieciséis ciclos de lunas cuando se casó con el abuelo Chema. Era tan solo una niña. Yo tenía veintiséis cuando me casé la primera vez. ¡Tu padre tenía treinta y seis cuando se casó conmigo! ¿Ya vas entendiendo las diferencias entre generación y generación? Las tendencias cambian muy rápido y es menester hacer lo que haya que hacer para adaptarse.

Mamá B estaba tratando de desviar la conversación, pero la pequeña insistía en saber esa misma noche lo que tanto estaba esperando oír.

—¿Qué pasó con el zángano aquel Mamá B? ¿Por qué dejaste a tu primer marido?

—... porque —dijo Mamá B respirando profundamente y controlando la rabia— no quería hacerme madre. No quería tener descendencia conmigo.

Béébusch se levantó, le secó las lágrimas con su bata, le besó la frente y la arrulló como si ella fuera la persona adulta. En un abrazo fuerte y sin necesitar ninguna otra explicación le susurró al oído:

—Gracias, mamá. Gracias por preferir tener una familia.

En silencio, siguieron revisando los documentos de la cápsula de bronce. Era importante que

Bëëbusch supiera de ellos por si el consejo de magia o el gobierno los solicitara algún día. Mamá B abrió  luego la cápsula de plata. Estaba esmaltada en color azul oscuro por dentro y solo tenía un documento de pergamino donde constaba que Mamá B había renunciado a sus derechos reales en la cordillera y había escogido el destierro para poder tener una descendencia, así fuera en otro lugar del mundo. En el documento renunciaba a su linaje pasado y adoptaba los apellidos de Papá K para poder vivir "con permiso" en el bosque con todos los privilegios.

—¿Quiere esto decir que solo gracias a Papá K pudiste venir a vivir al bosque y tenernos a nosotros, tu descendencia? —pregunto Bëëbusch.

—Tan simple y claro como eso, mi pequeña. Tu padre hizo mi sueño posible. Me ha dado uno que otro problema y me ha arrancado las alas; pero gracias a él y a otras mil acciones fabulosas que ha hecho por mí, he alcanzado la felicidad más grande del mundo. El amor no es un juego de niños. A veces duele más de lo que hace cosquillas; pero cuando es verdadero, se perdona hasta donde el perdón alcance.

Bëëbusch la miraba detenidamente, tratando de asimilar la información. Era cierto. La vindicación de su madre podría significar la disolución de la familia, y la pequeña

sacudió las antenas, tratando de erradicar el pensamiento de su mente. Claro que no era un juego de niños ni una pelea por un juguete insignificante. Era el hogar que con tanto esmero y amor habían construido dos seres mágicos de la cordillera en un bosque extranjero. Mamá B se levantó a poner las tres cápsulas de vuelta en el compartimiento secreto.

—Esta última cápsula, Bëëbusch, óyeme bien —dijo su madre—. Esta cápsula de oro la puedes abrir con fuego para diluir la soldadura si alguna vez sientes que estamos en peligro por la naturaleza felina de tu padre. En ella hay secretos que pueden hacer que se vaya de nuestra vida para siempre, si algún día nos llegara a hacer daño. En ella hay tesoros suficientes para que desaparezcamos del bosque e iniciemos una vida en otra parte. Una gota de sangre de cualquier miembro de esta familia a causa de la cola de león de tu padre y tienes el deber de abrir esta cápsula.

—Papá no sería capaz de hacernos daño —dijo con angustia la pequeña.

—Eso pensaba yo; pero, ya ves, me arrancó las alas. Yo soy abeja reina. Él es rey de la selva. Nuestra naturaleza primaria puede traicionarnos en cualquier momento en la lucha por demostrar soberanía. A partir de hoy no quiero volver a oír ningún otro reclamo sobre mis alas. Ya no existen. Pasamos la página de ese capítulo y seguimos adelante.

—Sí, Mamá B, lo prometo. No pensé que fuera tan difícil ser un adulto. Ya no quiero crecer tan rápido.

—Una cosa más, Bëebusch —dijo su madre levantándose para reinstalar las cápsulas en su lugar—, nuestro aguijón está hecho para que le demos muerte a alguien el día en que lo necesitemos. Aunque rara vez lo hacemos, tenemos veneno suficiente para matar a otra abeja reina o, quizás, a un rey león. Tal vez tú también debas proteger a tu padre de mí y debas protegerme a mí de ti.

Esa frase final fue demasiada información para la pequeña y la dejó muda. Un rompecabezas de palabras que no encajaba en una mente infantil, pero que rimaba armoniosamente: "proteger a tu padre de mí y protegerme a mí de ti". Casi que podría hacer una canción con esa rima, pensó para sus adentros. Mamá B cerró la bóveda y regresó con su pequeña a la casa. La llevó cargada en la espalda hasta la torre de alcobas y la lanzó como un almohadón a la cama. Le dijo que mientras fuera la niña de esta casa de pino, la iba a hacer el hada abeja más feliz del mundo, consentir, maleducar y atacarla a besos todos los días.

Juntas se durmieron en un estrecho abrazo con olor a miel y magia.

CAPÍTULO 23
De tal palo, tal astilla

A la mañana siguiente, el pequeño duende encontró a las dos hadas profundamente dormidas en la camita de Béébusch. Ambas parecían tener las piernas más largas del mundo. Las miró con algo de celos, pero prefirió aprovechar la oportunidad para deambular solitario y en paz por la casa. Entonces, optó por sorprenderlas y bajó a la cocina a tratar de hacer el desayuno por su cuenta. Era una de esas pequeñas cosas que hacía muy feliz a su madre: no tener que cocinar, aunque fuera una de las tres comidas del día. El pequeño duende ya era un experto en el arte de alistar la mesa, aun cuando no sabía encender la estufa ni quería aventurarse a cortar las naranjas y perder un dedo en el intento. Pensó en ponerse a jugar con sus minigasotransportadores de juguete, pero tenía muchas más ganas de bajar a La Mina y entretenerse pintando en la cámara del crear. Considerando su estatus de "héroe de las alas de plata", creyó que no sería problema bajar sin permiso de Mamá B y en piyama, y con su casco de bellota se fue a disfrutar las mesas de dibujo de su madre.

Pepper Rose se restregó en él, pues no esperaba ningún visitante tan temprano en un día de fin de semana. El amor desmedido de la guardiana felina hacia los niños era tal, que sus afectos más parecían atropellos que caricias. Era necesario prepararse para un ataque de amor de la gata y no ofenderse por los masajes de garra, los mordiscos y la chupada de la ropa. En presencia de extraños, su presencia era tenebrosa e intimidante, pero en confianza, era una criatura muy amorosa y fiel. El pequeño se sentó a dibujar, y como una cascada, su imaginación se volcaba sobre el papel maravillosamente. Tal como lo hacía su madre en momentos de inspiración, las barras de cera de color y grafito empezaron a rodar por la mesa y los papeles, a volar por el suelo en busca de más ideas. Esos momentos de inspiración plena parecían ser los únicos en los que Mamá B no tenía control sobre lo que pasaba a su alrededor y el orden de las cosas. Una vez terminaba el diseño de modo satisfactorio, ella misma no podía creer el desorden que había dejado mientras lo inventaba.

La pequeña hada abeja se despertó y prefirió dejar dormir un poco más a su madre. Con la misma intención de preparar el desayuno, bajó a la cocina a encontrar lo que parcialmente había dejado hecho su hermano. Todo perfectamente listo para que manos responsables se encargaran del fuego, el corte y las tareas peligrosas del arte cocinar. Complacida, Bëëbusch empezó a preparar los panqueques, pero se preo-cupó con el silencio de la casa. Era un hecho que el silencio del pequeño duende significaba o pilatunas o problemas. Igual-mente, en piyama y con su casco de bellota, bajó a La Mina y lo encontró en la mesa de dibujo. Lo estaba haciendo con tal velocidad y dedicación que parecía un duende mayor trabajando para ganarse la vida. Su hermana no pudo resistir las ganas de asustarlo y de un solo brinco lo sorprendió por la espalda y lo hizo gritar como un marrano preso. Era casi placentero asustarlo a pesar

de las mil veces que Mamá B le había rogado que no lo hiciera. El pequeño duende era un ser sensible y per-cibía las cosas de dis-tinta manera.

—¿Qué estás haciendo tú, niño necio? —le pre-guntó Bëëbusch mientras le despelucaba el mechón rubio que le caía sobre la frente.

—¡Diseñando alas! ¡Mira, ya tengo el diseño de las alas para todos los estudiantes del proyecto!

—¡Oh, hermano! —dijo la pequeña hada abeja mientras detallaba los bocetos— Estos diseños no están buenos, no —y haciendo sufrir intencionalmente al pequeño tras un largo silencio, añadió— ¡Están espectaculares! ¡Espera a que Mamá B los vea! Yo creo que te va a atacar a besos.

Acto seguido, entró Mamá B amarrándose su bata de levantar con los ojos medio cerrados, por el cansancio.

—¿Qué está pasando por aquí y qué quiere decir todo este reguero, niños?

Abriendo y cerrando los ojos para asimilar la cantidad de dibujos de su pequeño, quedó atónita por la originalidad y hermosura de los bocetos de las alas. Ocho tipos distintos de alas de insectos que, sin duda, permitirían explorar y explicar todos los conceptos de forma a los estudiantes. Élitros, hemélitros, escamosas, balancines y otras variadas combinaciones de membranas, escamas y plumillas. Mamá B no lo hubiera podido hacer mejor o más rápido. Mientras Béébusch era una experta en catalogar con palabras y cifras, el pequeño estaba desarrollando una increíble habilidad de catalogar en imágenes. Los tres eran ahora un equipo de trabajo ejemplar.

—¿Cuáles son mis alas? —preguntó la pequeña. La pequeña no encontraba ningún boceto que se pareciera a la silueta de sus alitas difusas de mariposa.

El pequeño bajó de la silla de dibujo y fue a su archivo a sacar el portafolio de bocetos. Las alas de Bèébusch habían sido diseñadas hace ya mucho tiempo, cuando el plan de las alas de plata para Mamá B apenas empezaba. Este boceto era a color y estaba perfectamente terminado. La silueta de las alas anteriores y posteriores, perfectamente representada. La  división de las celdas y el número de espacios trazados a la perfección. Entre espacio y espacio había un jeroglífico de imágenes que definían la personalidad de su hermana y narraban su corta existencia. Los trazos eran tan delgados que había que mirar con lupa la membrana de las alas. Bèébusch lo analizó detenidamente enamorada y complacida de la forma como la veía su hermano. Con admiración y belleza. A veces, ella podía ser muy cruel con él. Una forma de entrenarse en saber prender y apagar su aguijón guerrero.

Tanto madre como hija abrazaron al duendecillo como un emparedado y se lo comieron a besos. El pequeño estaba embriagado con la atención y aliviado de saber que no estaba en problemas, por haber bajado solo a la mina.

Mamá B seguía analizando los dibujos; incluso los que encontró en el piso. Había ideas maravillosas para sus diseños de joyería que ella nunca había considerado posibles. Las cosas más simples de la vida, de nuestra vida multicultural, transformadas en obras de arte. Los recogió todos del piso y los archivó en un nuevo portafolio de cuero de venado blanco con un lazo rojo. Con su soplete y la herramienta de pirograbar, escribió las letras TURI y lo puso en un lugar preferencial junto a sus otros libros de bocetos.

—¿Qué quieren decir esas letras? —preguntó el pequeño duende.

Mamá B alzó sus cejas y encendió su aguijón en señal de epifanía. A esta expresión de emoción se le sumaba el restriegue de sus manos (como abeja haciendo miel) culminado siempre en un aplauso sonoro.

—Ese va a ser el nombre de nuestro siguiente proyecto educativo: TURI o Transformando el Universo en una Realidad Imaginada. En honor a ti y esa imaginación desbordada que tienes. ¡Ahora vamos a desayunar y a bañarnos largo con agua caliente y sin afanes que hoy es domingo y no hay nada más que hacer que ser felices!

Como de costumbre, los niños salieron corriendo escaleras arriba para evitar que Mamá B los pellizcara en la parte más acolchonada de su ser; pero el pequeño duende se detuvo y ocasionó una coalición antes de salir de La Mina. Mirando su ser en los espejos del vestíbulo, le preguntó a Mamá B por qué él no tenía ni aguijón, ni cola de león, ni nada por el estilo, solo un par de orejas grandes de duende que resplandecían a contraluz y un mechón de pelo rubio que le caía sobre los ojos.

—¿Qué quisieras tener tú? —Preguntó su madre—. ¿Tienes un diseño para tus alas?

Arrepentida de haber concentrado demasiada atención —e intercambiando miradas de culpabilidad con Bèëbusch— se disculpó con su hijo por no haber preguntado a su hijo sobre la idea para sus propias alas.

—No te preocupes, Mamá B, ni yo mismo sé cómo quiero mis alas. Yo quiero ser el más rápido, pero aún no he podido confirmar si son las moscas macho, las libélulas o los saltaplantas. que se comen los sembrados de arroz. Yo lo que quiero es velocidad, pero las moscas macho son insoportables con su zumbido, las salta plantas son una plaga con la nadie quiere estar y las libélulas son un poco femeninas.

—Bien, pues hagamos unas alas de libélula bien masculinas. ¿Necesitas ayuda?

—No, ya tengo varios bocetos —dijo el duende con desilusión y pocas esperanzas—. Yo lo que de verdad quiero es una cola de león como la de papá. Quiero ser grande y fuerte como él. ¡Quiero batallas por pelear, aventuras por vivir y hadas por conquistar!

—Y ¿tú crees que con una cola de león puedes

hacer eso? Dijo su hermana desafiándolo con el tono de voz que indica su superioridad como hada abeja (incluía levantamiento de ceja, mano en la cintura y pie derecho hacia adelante).

—Si papá puede, yo puedo. Además, ya tengo hecho el modelo de mi cola de león en plata. La punta se transforma en espada y puede inmovilizar al enemigo con una bomba de olor o ultrasonido. Bueno, lo del sonido no lo tengo claro aún, porque no sé bien cómo aplicarlo a la onda vibracional de los metales. Pero lo averiguaré.

No había nada más que agregar. El pequeño duende era hijo de su padre. Sangre de su sangre, lleno de fuerza, amor a la velocidad y de corazón salvaje. Para Mamá B, que había crecido en una colmena matriarcal, rodeada de féminas, eso de criar a un duende era cada día una aventura. Pero bien sabía que su fuero no se podía coartar y si el pequeño quería cola de león, cola de león tendría, como la de su padre.

Corriendo de nuevo hacia la cámara del crear, el duende sacó del rincón bajo la biblioteca, justo detrás del bote de basura donde a nadie se le hubiera ocurrido mirar, un canasto de hojas de plátano con el modelo de su cola. Una sucesión de conos de papel de alto gramaje graduados por tamaño y ensamblados con hilos de seda le daba un movimiento muy natural. En la parte interior, un tubillo de menor diámetro le permitió al niño demostrar cómo planeaba lanzar las bombas soplando por un extremo una bolita de papel que salía disparada por entre las plumas del final de la cola. Con retazos de cintas que había rescatado de la basura, la cola se podía amarrar a la cintura y a la parte alta de las piernas para que al caminar —y exagerando el movimiento de las caderas— la cola se meneara de forma semejante a la de papá. Era un modelo magistral y Mamá B no dudó de que podía realizarlo en plata —ojalá se pudiese en oro— cuando hubiera recursos suficientes para fabricar en metales preciosos un juguete tan maravilloso sin ánimo de lucro.

Mamá B sonrió de imaginarse a los duendes de su vida caminando de espaldas con dos colas de león resplandecientes, y muerta de la risa empujó a los niños para que finalmente se fueran a desayunar y a bañar.

CAPÍTULO 24
El que quiere marrones aguanta tirones

El final del proyecto "Crea tus Alas" se estaba acercando, y como era la costumbre en la casa de pino, las fechas importantes se celebraban con bombos y platillos. Mamá B había invitado a las familias de los participantes a una recepción donde cada uno de los estudiantes presentaría en público el concepto con una breve descripción del proceso de fabricación y su significado simbólico. En el vestíbulo de La Mina, que era lo suficientemente grande como para albergar a cuarenta personas sentadas, se dispondría de un pequeño escenario y una pasarela para que los infantes pudieran ser apreciados por todos los asistentes. Béébusch sería la última en pasar y cantaría una canción, acompañada con su guitarra acústica, para cerrar la velada.

Los estudiantes estaban muy orgullosos del resultado de sus alas de plata y de plumas, pero absolutamente espantados de tener que hablar en público. Gracias a la creatividad textil de Latosi, las coberturas de plumas llevaban mangas, de forma que se pudieran usar como abrigo de invierno. No solo podrían usarse como una manta decorativa, sino también como un proyecto de arte funcional y térmico. Gracias a Béébusch, las alas de plata que inicialmente estaban planeadas a escala real para cada estudiante, se convirtieron en amuletos de mucho menor tamaño que los pequeños podrían llevar puestos todo el tiempo. Habían invertido tanto amor, tiempo y dedicación que querían que esta primera joya, hecha de sus propias manos, les durara para siempre. Querían llevarla cerca al corazón y apretarla de vez en cuando para invocar la buena suerte. Las hadas decidieron hacer las alas pequeñas y llevarlas en hilos de seda muy cerca de su cuello; entre tanto, los duendes optaron por soldarlas en medallones circulares y llevarlos a la altura del ombligo, colgando de una cuerda de cuero negra.

Las hadas estaban dispuestas a pasar al escenario, desfilar y narrar el proceso creativo de sus alas. Los duendes —con excepción del propio— no tenían experiencia alguna y se sentían nerviosos de ser vistos, juzgados y burlados. Mamá B les prometió los pastelitos más especiales de la temporada si hacían el gran esfuerzo de tratar. Si acaso subían al escenario y se les iba la voz, ella les garantizaba rescatarlos de forma que nadie se diera cuenta que habían sufrido un ataque de pánico escénico. Sin presentación y desfile, no podría darles el certificado de participación ni el debido premio más dulce, preparado para la ocasión por Lanena. En verdad, era una experiencia importante en la vida sobrellevar la angustia de pararse en un escenario y perder el temor a enfrentarse a una audiencia. Bёёbusch y su hermano duende ya lo habían superado, tras entrenar en los recitales musicales con el maestro Patricio, pero los otros pequeños necesitaban un primer empujón al mundo del espectáculo.

Llegada la fecha del evento, el vestíbulo de La Mina se veía maravilloso. Mamá B bajó cuidadosamente algunas de las parejas de palomas y las instaló en jaulas alrededor del escenario, como elementos decorativos. También colgó de las paredes todos los bocetos que habían hecho los estudiantes en su esfuerzo de llevar el proyecto a un feliz término y enmarcó los diseños finales de las alas que había hecho cada niño, para que sus padres pudieran apreciarlos en detalle y llevarlos a casa de recuerdo. Con ayuda de Lanena y Latosi, colgaron guirnaldas de hiedra del cielo raso a las paredes e hicieron pequeños arreglos de gardenias y flores silvestres. Parecía como si el bosque hubiera entrado a La Mina. El ambiente era muy acogedor y tanto padres como estudiantes estaban complacidos.

Los niños saldrían de la puerta de la cámara del hacer, de la cual colgaban cintas de seda plateadas para representar la noche de tormenta tras la cual el proyecto "Crea tus Alas" había surgido. Mamá B hizo una pequeña introducción y agradeció a los presentes su participación y la confianza depositada en la instrucción de sus hijos. Les describió las cámaras de La Mina donde habían estado trabajando y los convidó a dar un tour por la casa de pino si querían y a una taza de té una vez hubieran terminado las presentaciones. Sin más introducciones, dejó a la audiencia en manos de sus estudiantes.

El primero en salir fue el pequeño duende. Héroe de la casa de pino y creador de las primeras alas de plata y pluma de paloma del bosque. Tras mucho dudar, había decidido recrear unas alas de tábano hibomitra, un insecto poco común en estas latitudes, pero famoso en otros lugares del mundo. Explicó que estaba investigando cuál de todos los insectos del mundo era el más rápido, y que para su sorpresa había descubierto que las libélulas de Australia solo alcanzaban velocidades de máximo noventa kilómetros por hora; mientras que los tábanos podían lograr hasta ciento cuarenta y cinco kilómetros por hora. Los tábanos podrían considerarse una de las moscas más grandes del mundo. Aclaró que su diseño se trataba de las alas tipo halterios o balancín de un macho, pues los machos eran vegetarianos, pero las hembras eran hematófagas (chupan sangre), como los vampiros, y él no estaba de acuerdo con ese sistema de alimentación. Para complementar sus alas se había puesto unos espejuelos hechos de papel recreando los ojos a rayas horizontales característicos de estos insectos. Las plumas de sus alas habían sido tinturadas con infusión de té y eran de varias tonalidades de color caramelo. Mamá B casi podía llegar a pensar que lo que el pequeño había querido hacer eran unas alas de rey león, como la cola de su padre.

Con aplausos, caminó hacia un lado y otro de la pasarela, sonrisa de oreja a oreja y haciendo señales de aprobación a sus compañeros que le miraban por la ventana llenos de expectativa.

La siguiente en pasar fue Laura Lu. Un hada preciosa de piel color chocolate y sangre de mar caribe. Ella había escogido las alas de libélula, por su delicadeza, hermosura y eficiencia. Las plumas las había dejado completamente blancas, para parecerse a las palomas mensajeras de la casa de pino. Con sus alas quería volar a cenar diariamente a la isla tropical donde vivía gran parte de su familia y regresar justo a tiempo para iniciar clases en la escuela de magia, al día siguiente. Ella, como Bëëbusch, sabía lo que era crecer lejos del núcleo familia, y tal como su gran amiga, los extrañaba profundamente. Laura Lu era la hadita que más conocimiento de costura tenía; soñaba con convertirse en diseñadora de vestuario cuando fuera mayor y su abrigo de alas blancas como la leche, seguía con precisión la dirección y la textura de la filigrana de sus alas de libélula. Un detalle tenue, pero finamente elaborado.

El tercero fue Tobías, un duende cuya familia venía de mucho más lejos y más allá del océano Atlántico y Pacífico. Del lugar de donde venimos todos los que hablamos español, aunque el de esa región se habla con un acento totalmente distinto. No solo hay que enrollar la lengua para decir las r, sino también hay que llevarla al paladar para que las s y la z sean como un soplido al viento. Tobías tenía la costumbre de cenar hacia las cuatro de la tarde, siguiendo la costumbre milenaria de su familia y, por lo tanto, fue forzado a lo largo del curso a comer las proteínas que le enviaba su madre en la cantina, antes que los postres que Lanena había preparado para la hora del té, al final de cada clase. Tobías había elegido el chinche rayado, que tenía los colores rojo y amarillo de la bandera de su lugar de procedencia. Lo había escogido también porque se le decía "chinche hediondo", debido al mal olor que emitía cuando se encontraba en peligro. Con una mirada pícara, y como era de esperarse, hizo una señal de abanico con sus manitas como espantando un mal olor, y tras ello las risas de la audiencia no se hicieron esperar. Explicó que los chinches tenían cuatro tipos de alas endurecidas cuya función era proteger y no volar. Aclaró que, para él, proteger a su familia y hermana hada era una prioridad y por eso había escogido este tipo de insectos. Sus alas, por consiguiente, eran del tipo hemiélitro. Su cubierta de plumas era una capa similar a un caparazón.

Bella quiso hablar de las polillas y erradicar el mito que se tiene en la cordillera —de donde también vienen sus padres— de que son insectos de mal agüero. Las polillas son mariposas de hábitos nocturnos que pueden superar en belleza y diversidad a cualquier mariposa. Así, Bella escogió una de las más coloridas de todas, llamada polilla rosa del árbol de maple, la más pequeña y coqueta de las polillas de seda. No solo es de color amarillo y magenta, sino que sus alas y cuerpo, recubiertos de escamas, pueden ser tan suaves como la piel de un conejo. Su amuleto incluía el cuerpo de la polilla mirando de frente, pues su ojos y antenas producían un efecto enternecedor. Latosi tuvo grandes dificultades para encontrar un colorante natural con el cual tinturar las alas de tan vívidos colores y por ello terminó usando los colorantes comestibles que su hermana Lanena utilizaba para hacer repostería. Todavía no sabían si el abrigo multicolor sobreviviría el primer ciclo de lavado en el río, pero los colores se habían logrado para este desfile. Gracias a Bella, los pequeños imaginaron por primera vez en tener una polilla como mascota y entendieron de dónde venía la seda de gran la gran mayoría de sus vestimentas.

Cada uno de los estudiantes fue pasando dando curso a la audiencia sobre los tipos de alas en el mundo de los insectos, hasta que llegó el turno final de Bëëbusch. Muchos creyeron que sus alas difusas —cuya silueta ya se estaba definiendo como lo que parecía ser de una mariposa monarca— iban a ser de los colores tradicionales naranja, negro y blanco de esta mariposa tan reconocida del bosque, pero no. Bëëbusch había escogido hacer las alas de una polilla de la luna. Puesto que era el hada más alta de toda su clase en la escuela de magia, lograr tener las alas más grandes que se pudieran era el objetivo fundamental. Así aprendió sobre esta polilla color verde agua de alas escamosas y tersas considerada una de las más bellas de la parte norte del planeta. La forma de sus cuatro alas es muy particular, pues las alas inferiores están dotadas de una cola. Esta cola se asemeja a las piernas de una bailarina en posición de pirueta al aire, pero tienen como objetivo dispersar las ondas de ecolocación de los murciélagos —sus principales predadores— y a mimetizarse con su entorno. La parte superior de las alas anteriores se asemeja a una rama de árbol y cuatro manchas en cada una de las alas parecen ojos de animal grande para espantar a sus enemigos. Las plumas de paloma de su manta-abrigo fueron coloreadas por la Latosi con inmersiones de té verde en polvo.

Con el desfile final de Bèébusch, una silla solitaria y su guitarra la esperaban al final del escenario. Sus compañeros de clase se pusieron de espaldas a ella, exhibiendo sus alas de plumas como si fueran un escenario. Con una nueva canción de su propia autoría, y ese conjunto de amigos respaldándola en un canto celestial, puso a los expectores a lagrimear de emoción:

Posibilidades	Possibilities
Por: Bèébusch	By: Maria Deirisarri

Verso I

¿Por qué no dejas al mundo ver quien en verdad eres tú?

Pretendes ser medio loco y un poquito más tonto aún

Yo sé bien lo que escondes detrás

Verse 1

Why are you so afraid to let the world see the real you?

You portray yourself as crazy with a touch of low intelligence too

I know you're smarter than you think you are

Puedo ver el brillo bajo tu oscuridad	I can see the truth under beautiful scars
Juegas a ser secreto y revelación	You lead a life of secrecy and yet of hope
Pero lo arruinas todo con tu inseguridad	But it's all crushed under the dark

Pre-coro	Pre-chorus
Has visto mucho del mundo en tan corta edad	And you've seen so much of the world in such little time
Sabes cómo mentir, como negar la verdad	You've learned how to lie, how to hide from the outside
Pero no es necesario	But you don't have to
Puedes dejar al mundo ver a	You can let all the people see
Tu ser, tu yo, tu dolor y belleza	The smarts, the pain, the truth, and the beauty.

Coro	*Chorus:*
¿A dónde te vas?	Why do you hide?
¿Dónde te escondes de la realidad?	Why do you seek relief from the light, from the outside?
¿Por qué no luchar y lograr tu ideal?	Why don't you care about what you could be?
Diciendo que no a tu posibilidad	Aiming so low with such possibilities
Oh...	Oh...
Una posibilidad	With such possibilities

Verso II

Hay amigos para llorar,
   reír, cantar, ver el tiempo
   correr,

Pareces estar bien, pero
   sabes también como duele
   crecer

¿Por qué pretendes ser
   alguien más?

 Si no hay nada mejor que
   ser, quien se es

Tal vez quieres volar y el
   mundo conquistar

Querer es poder, no lo
   dudes

Coro

¿A dónde te vas?

¿Dónde te escondes de la
   realidad?

¿Por qué no luchar y lograr
   tu ideal?

Diciendo que no a tu
   posibilidad

Oh...

Una posibilidad

Puente

Te escondes en tu interior

Verse 2

You laugh, you cry, you hang
   out with all of your friends,

You pretend to be fine,
   nothing angry in sight, but
   I know there something
   there,

Why do think you have to be
   someone else?

If there is nothing better than
   being yourself

I know you want to be free,
   set out into the world

But you gotta make do with
   all the cards you've been
   dealt...

Chorus:

Why do you hide?

Why do you seek relief from
   the light, from the outside?

Why don't you care about
   what you could be?

Aiming so low with such
   possibilities

Oh...

With such possibilties

Bridge

Taking shelter on your own

¿Por qué crees que la soledad es mejor?	I guess there's nothing new about being alone
No te importa la oscuridad	You don't mind the dark inside,
Busca la luz que tienes que encontrar	But where's that light you gotta find
Aquí estaré cuando me necesites	Look, I'll be here when you need me
Nunca solo estarás, ya lo veras	You are never alone, don't you see
Todos estamos aquí para ti	Everybody's here for you
Así que hazlo ahora y sal de ahí...	There's just one thing you have to do...

Coro	*Chorus:*
¿A dónde te vas?	Why do you hide?
¿Dónde te escondes de la realidad?	Why do you seek relief from the light, from the outside?
¿Por qué no luchar y lograr tu ideal?	Why don't you care about what you could be?
Diciendo que no a tu posibilidad	Aiming so low with such possibilities
Oh...	Oh...
Una posibilidad	With such possibilities

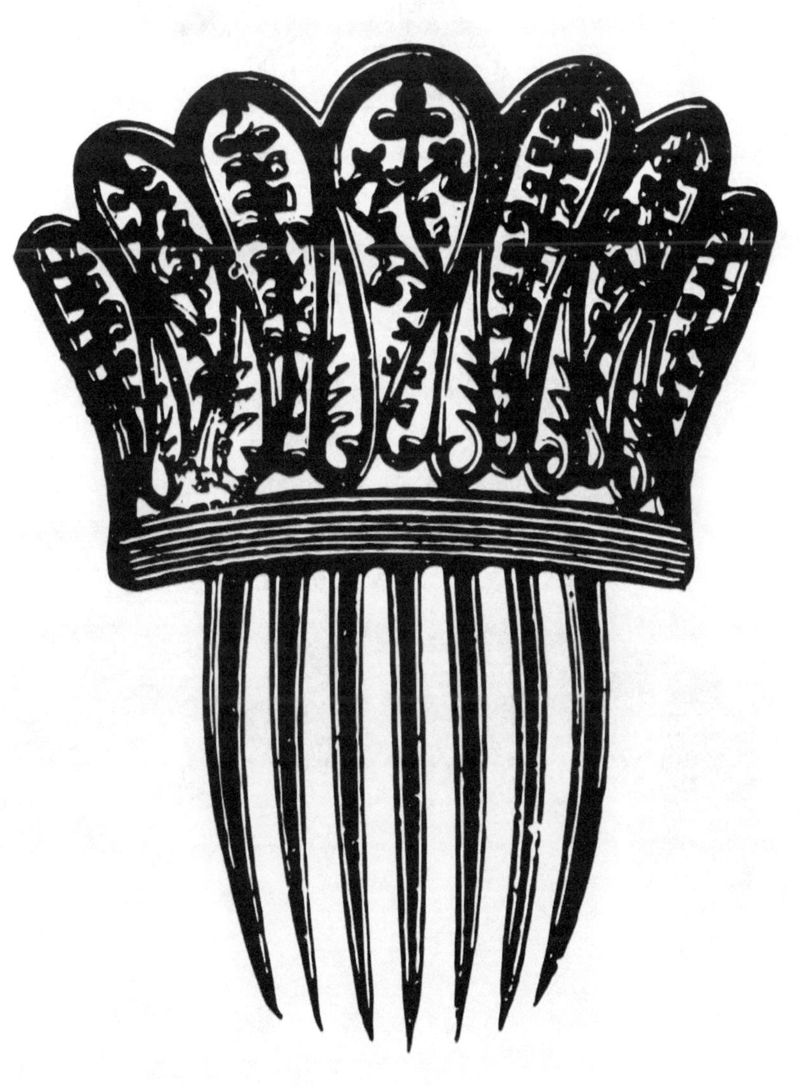

CAPÍTULO 25

A lo hecho pecho y el pecho para adelante

La celebración del final del curso se extendió durante más de dos horas. A una ronda extendida de aplausos y abrazos, Mamá B usó la magia que más trabajo le había costado aprender en su vida: pidió ayuda a todos los asistentes para recoger las sillas del vestíbulo y subir las palomas a su hogar. "Si ella hubiera sabido antes que nadie jamás se negaría a ayudarle", pensó la pequeña Bèèbusch, mientras la veía recibiendo el apoyo de su gente. No era un secreto que todo el bosque sentía curiosidad por ver la casa de pino por dentro y conocer de cerca el palomar con sus famosas alas de plata. Los pequeños se quedaron en la cámara del dar con Lanena disfrutando los alfajores en forma de alas que les había preparado de sorpresa, cubiertos de azúcar pulverizada y rellenos de dulce de leche. Ella se había puesto en la tarea de hacerle uno a cada niño con el diseño preciso de sus alas. Quedaron tan hermosos que todos sentían pena de darles el primer mordisco.

Los adultos ayudaron con las jaulas de palomas y siguieron a Mamá B hacia arriba. Con gran detenimiento, apreciaron cada detalle de esa casa tan llena de una energía particular. Era sorprendente ver cómo cada visitante de la casa de pino reconocía la energía que envolvía la casa. Quizás fueran las irresistibles feromonas de la abeja reina que aún emitía Mamá B. Los duendes no pasaron de la estancia, pues se quedaron analizando cuidadosamente la colección de minigasotransportadores de Papá K. En el proceso de diseñar su famoso prototipo, él había hecho modelos a escala de todas las posibilidades, que en su totalidad sumaban más de cien. Tristemente, Papá K estaba de viaje en la cordillera y se había perdido esta celebración tan especial. No era la primera vez que por desorganizado se le cruzaban las fechas en el calendario y se comprometía a viajar en fechas memorables para su familia; pero como en la casa de pino no estaba permitido el drama, y sin importar las consecuencias, la familia estaba entrenada en ajustarse a las circunstancias, buscar el lado positivo y seguir adelante.

Las hadas acompañaron a Mamá B al palomar y ayudaron a liberar las aves en sus respectivos nidos. No imaginaban que con la apariencia tan humilde que tenía por fuera, albergara un recinto celestial por dentro. La forma circular de la planta y cónica del techo, los niveles múltiples donde se albergaban las palomas como coro en un auditorio. La luz que entraba por cada uno de los óculos de los nidos, los ventanales, el fino currucutear de las aves y las nuevas alas de plata era conmovedora. El interior estaba pintado de azul oscuro con pequeñas estrellas de oro, y bien podía sentirse uno en el cielo. El padre de Tobías no aguantó las ganas de conocer el palomar y llegó de últimas a sumarse al grupo de hadas. Con curiosidad, halagó la pulcritud del piso y le preguntó a Mamá B cómo lograba mantenerlo tan limpio, sorprendido de no haber sentido el fuerte olor tan típico de los excrementos de las aves. Ella le explicó, muy orgullosa, cómo funcionaba el sistema de irrigación basado en la recolección de aguas lluvias, que se lanzaba directamente desde el óculo en forma de sol del lado izquierdo del tejado, opuesto a las nuevas alas de plata que ahora parecían una luna. El piso del palomar estaba ligeramente desnivelado y finas grietas irradiadas desde el centro iban distribuyendo el agua y filtrándola a tres subniveles de coladeras. Esta últimas se hacían girar dos o tres veces al día, gracias al pequeño duende y a un sistema de bicicleta que había ingeniado Papá K para movilizar los piñones giratorios con poleas.

El pequeño duende se divertía, quemaba su energía inagotable y el palomar permanecía completamente limpio, gracias a este sistema. La velocidad de sus movimientos era algo fenomenal. Mamá B se ahorró las explicaciones sobre la recolección de aguas negras resultado de ese sistema tan eficiente de drenaje, pues eran componente fundamental del combustible del gasotransportador y la patente de invención aún no había sido aprobada. Era quizás el secreto mejor guardado de la casa de pino. El combustible orgánico que operaba el GTB también dependía en una mínima parte de las palomas.

Al caer la noche y agotarse las delicias preparadas por Lanena y el té de menta, los invitados se fueron yendo uno por uno. Quedaba la satisfacción del deber cumplido, la lección aprendida y el corazón henchido de orgullo y cariño comunitario. Era increíble lo que Mamá B había logrado sembrando su sabiduría en una simple casa de pino. Había hecho un hogar de un tronco hueco de pino, una mina joyera de la madriguera abandonada de una zarigüeya y una industria de mensajería y combustibles ecológicos de un palomar abandonado. Béébusch estaba segura de que si algún día y por un vuelco del destino tuvieran que emigrar a otro nuevo lugar, Mamá B sería capaz de volver a hacer lo mismo. Como lo hizo el abuelo Chema en sus cincuenta ciclos de lunas. Como muy seguramente lo podrá hacer Bëébusch y su hermano duende cuando les llegue la edad adulta y se inventen y reinventen su propia vida.

La mañana siguiente los sorprendió con un cansancio infinito y siendo casi mediodía, los pequeños seguían durmiendo. Bëébusch se despertó dejándose acariciar por el aroma delicioso del café de Mamá B, quien la miraba dormir sentada en el borde de la cama. Bëébusch esperaba con ansia la hora de ser mayor y poder tomar café de cordillera como los de su madre, con la misma crema de menta y chocolate con la que los combinaba durante la gran mayoría de las estaciones y con la crema especial de calabaza y nuez moscada que utilizaba en el invierno. Para la pequeña hada abeja levantarse era una tarea complicada como lo era para su Papá K. Ambos eran unos seres noctámbulos que, aunque se movían en las mañanas, bien podría decirse que no llevan el cerebro puesto durante la primera hora. Mamá B miraba dormir a su hija y acariciaba su manta nueva de polilla de la luna que la arropaba como un capullo. El resultado era realmente bello. No había madre más orgullosa de su hija.

—Buenos días, mamá —murmuraba Bëébusch entre bostezos—, ¿ya es hora de desayunar?

—Hola, hermosa mía, ya es hora de almorzar. ¡Llevas durmiendo más de doce horas!

Béébusch tomó la mano de su madre y se la llevó a su cara obligándola a acariciarla y a mimarla como lo hacía desde que era una hadita recién nacida.

—¡Ayer fue un día muy feliz! Estoy muy orgullosa de mis alas.

—Yo también lo estoy. Por un momento creí que ibas a hacer las de la polilla rosa del árbol de maple. Cuéntame ¿por qué cambiaste de parecer?

—Porque mi amiga Bella quería hacer esas alas más que yo. No se podía aguantar las ganas. Al principio peleamos un poco al respecto, pero me sentí bien de cederle la idea y hacer feliz a mi amiga.

—Estas alas de polilla de luna son mis favoritas.

—¡Póntelas! —dijo la pequeña saltando de la cama de un brinco y cubriendo la espalda de su madre con las alas. Mamá B se incorporó bruscamente del dolor y la manta cayó al piso. La herida de su espalda, en la raíz de las que eran sus alas, no se había curado y no podía evitar el reaccionar instintivamente cuando alguien la sorprendía por la espalda.

—Oh no, lo siento, Mamá B, no sabía que todavía estabas adolorida. ¿Te salió sangre? ¿Necesitas una curación? Déjame ver, por favor.

Con delicadeza, levantó el camisón de la piyama y vio dos manchas carbonizadas bajo los omoplatos.

—No son heridas, hija mía. Son cicatrices mágicas. Mira su color, como las cenizas de una hoguera cuando se consume. No es dolor lo que siento, es como si necesitara proteger el fantasma de las alas que ya no están. Esa piel color negro es infinitamente sensible. Incluso el roce de la ropa me molesta.

Bëëbusch se sentía importante de saber que su madre confiaba en ella para compartir ese tipo de confidencias. Hablar de "tú a tú" entre mujeres la hacía sentir valiosa.

—¿Qué puedo hace por ti? —dijo la pequeña, sabiendo que esa frase hacía palpitar el corazón de su madre. Recogió la manta de plumas y cubrió a su madre de frente, abrazándola suavemente. Era extraño no verle sus alitas. Dolía todavía tener una madre mutilada. Sin querer, sintió un nudo en la garganta de solo pensarlo.

—¿Qué tal unos pastelillos de rosa y vainilla? —dijo Mamá B, con gran emoción.

Degustar alimentos y postres preparados por las manos de otros seres queridos eran el mejor regalo para ella. Con postres, masajes de cuello y patas de cangrejo se podía lograr cualquier cosa de su madre.

—No me refiero a eso. Yo te hago tus pastelitos, pero quiero saber si hay algo más que pueda hacer por ti. ¿Algo del alma que pueda hacer por ti?

Mamá B la miró enternecidamente, meneando su cabeza en señal de negación. Le arregló su pelo y tapando suavemente su boca —como lo hizo frente a la cápsula de oro— le recordó que era necesario dejar de hablar al respecto. La pequeña bajó la mirada y se dejó besar la frente, sabiendo que definitivamente y de ahora en adelante el tema estaba absolutamente vetado. A veces se le podía insistir a Mamá B y conseguir resultados. Cuando su respuesta era el silencio rotundo, no había nada más que hacer.

"Proteger a tu papá de mí, y a mí de ti", repitió la pequeña para sus adentros, sin entender aquella frase 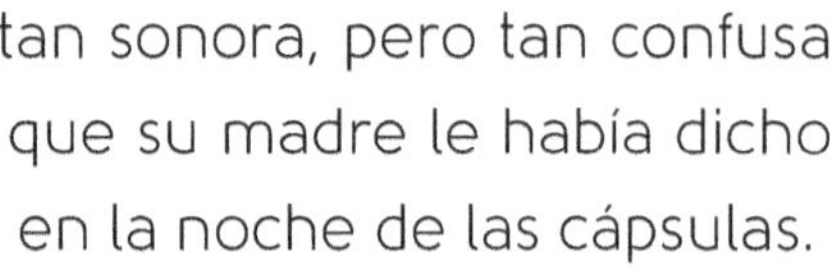 tan sonora, pero tan confusa que su madre le había dicho en la noche de las cápsulas.

El sonido revolucionado del pequeño duende bajando las escaleras desde el palomar, las sacó del trance. Al parecer, ya tenía edad suficiente como para levantarse solo y deambular por la casa sin que las poderosas antenas de su madre lo hubieran detectado. No solo eso, sino por voluntad propia había decidido subir al palomar y dar la primera ronda matutina y activar el primer lavado del suelo.

—Mamá B, Mamá B —gritaba el pequeño, lleno de emoción—. ¡Estamos llenos de columnogramas nuevos! ¡Están llegando por docenas! Necesito ayuda descargando las palomas. Algunas llegaron con dos tubillos en cada pata. ¡Nunca habíamos tenido tantos!

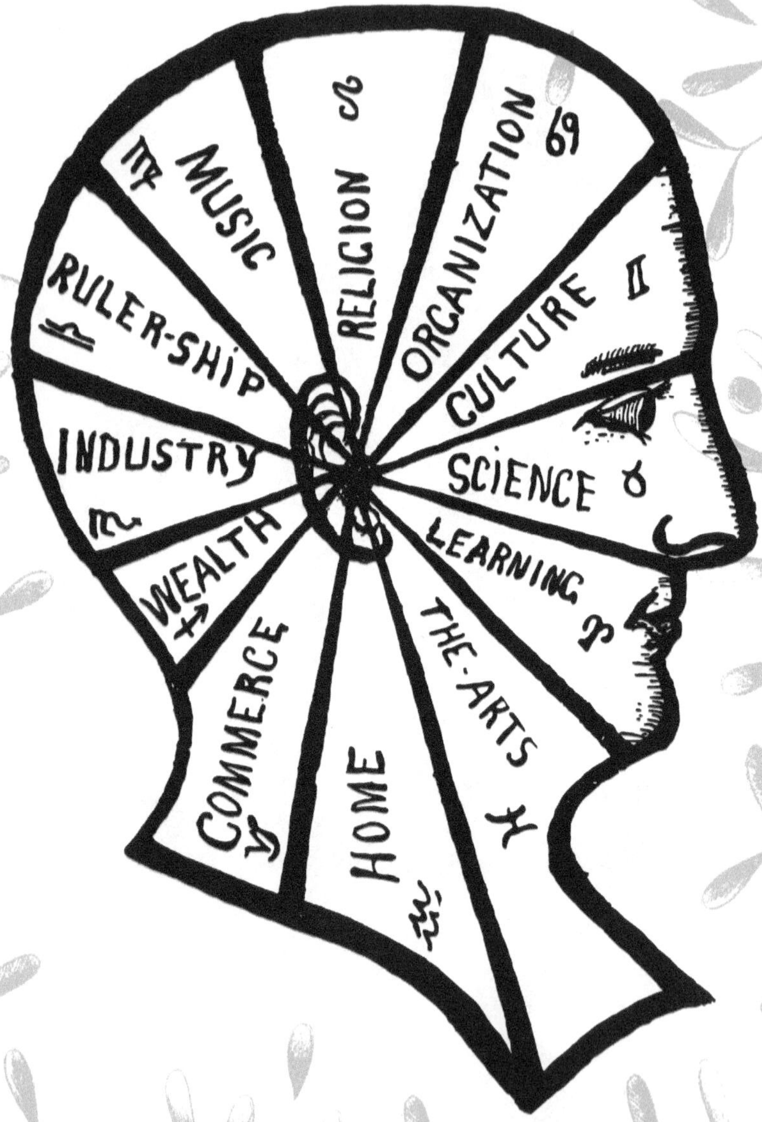

MUSIC
RELIGION
ORGANIZATION
RULER-SHIP
CULTURE
INDUSTRY
SCIENCE
WEALTH
LEARNING
COMMERCE
HOME
THE-ARTS

CAPÍTULO 26

El que parte y reparte, se queda con la mejor parte

apá K había regresado de la cordillera en la tarde. Toda su familia lo esperaba afuera, conteniendo las ganas de contarle todo cuanto había sucedido en su ausencia. Daba gusto tenerlo de vuelta. Puesto que los viajes eran muy frecuentes, solo viajaba con un pequeño morral, fácil de transportar en el vuelo de águila calva. El morral de color negro tenía muchos bolsillos y Mamá B siempre buscaba la forma de enviar regalos para la familia de ida, y en retribución, a la vuelta, la familia buscaba la forma de enviarles regalos a los niños. Era un placer eso de dar y recibir pequeños detalles. En ello se sentía la energía y la buena vibra de esos seres queridos que viven lejos.

Mamá B abrazó sus granos frescos de café de cordillera e invitó a Papá K a tomar su sopa favorita de tomates cosechados en su pequeña huerta. Los niños estaban adheridos al inmenso cuerpo de su padre y no podían parar de contar todas y cada una de las anécdotas del evento final del proyecto. Atropellaban las palabras, se interrumpían, le volteaban la quijada, demandando total atención. Subían y bajaban escaleras para mostrarle sus pendientes y sus alas. Se acordaban de cosas nuevas y repetían tres veces las que más risa les daban. Les tomó casi una hora narrar su aventura y tomarse la sopa de tomate con emparedados de queso derretido. Los adultos ya sabían que hasta que el huracán de charla infantil no cesara sería imposible establecer una conversación adulta. Por fortuna, Papá K solo reveló el contenido de su morral cuando terminaron de comer para poder desviar la atención de los hijos y mandarlos al antejardín a jugar con sus regalos. Los trompos de la cordillera, las medias de lanas y las pulseras de crochet nunca fallaban.

Mamá B molió su nuevo café —aunque nunca lo tomaba en la tarde— e invitó a Papá K a bajar a La Mina. En la cámara del crear estaban los treinta y dos columnogramas que habían llegado por la mañana llenos de encargos para nuevos amuletos joyeros. En una buena temporada podían llegar hasta cinco a la semana. Usualmente, eran máximo tres. Treinta y dos significaban un éxito rotundo en la vida de Mamá B como joyera y la necesidad de ajustarse a esta nueva demanda laboral.

—¿Cómo puede ser esto? —preguntó Papá K— ¿Qué hiciste?

—El proyecto "Crea tus Alas" — dijo Mamá B—. El día del evento vinieron dos duendes de la gobernación y del periódico local queriendo conocerme, visitar La Mina y saber los detalles del curso. Al parecer, la voz se ha regado por todo el bosque y la fama que no estaba buscando me ha alcanzado. El impacto que tuvo con solo esos seis primeros estudiantes fue rotundo.

—¿Tú crees que puedes fabricar esas treinta y dos piezas a tiempo?

—Bueno, verás. Las solicitudes son muy variadas. Siete de las solicitudes son copias de los pendientes de alas que fabricaron los niños durante el curso. Sus padres los están solicitando para otros miembros de la familia. Otros siete son encargos nuevos de amuletos y pulseras para miembros honorarios del consejo de magia. Uno de ellos, en particular, tiene el potencial de convertirse en una de mis obras maestras, con más de cien diamantes. Los demás solicitan que continúe el proyecto "Crea tus Alas", y enviaron el pago adelantado por el curso. Dieciocho de ellos para ser precisos.

—¿Dieciocho niños en un curso? —preguntó Papá K con angustia, pues no tenía las habilidades de Mamá B en el arte de entretener infantes y podría parecerle más bien una tortura.

—Bueno, verás —dijo Mamá B, nuevamente—. No solo son niños los que ahora quieren participar, sino hadas y duendes adultos. Les pareció un ejercicio muy enriquecedor para el alma.

—¿Cómo dices? —preguntó Papá K—. ¿Cuántas hadas y duendes adultos para ser precisos?

—Nueve en total.

Papá K quedó mudo. La buena fortuna había llegado como un balde de agua fría y no solo fruto de su propio trabajo, sino de la laboriosidad, talento y esfuerzo de su compañera. Seguramente, significaría cambios en la vida familiar y la necesidad de ampliar el espacio, contratar personal de trabajo o construir un recinto nuevo. Papel en mano, empezó a hacer cálculos matemáticos con Mamá B sobre el número de personas que se podrían acomodar, la posibilidad de dar clases nocturnas o comprimir el curso en una semana por tiempo completo. Mientras revisaban los columnogramas, sumaban y restaban, Papá K notó que los números no sumaban treinta y dos, como había dicho Mamá B.

—Son treinta y un columnogramas, Mamá B. Siete copias de alas, siete amuletos nuevos, ocho niños y nueve adultos (7 + 7 +8 + 9 = 31)

—Bueno, verás —contestó Mamá B por tercera vez y titubeando—. Este último columnograma, el número 32, en una invitación del Consejo de Magia. Mi presencia es requerida e indispensable en el congreso del solsticio de primavera. Finalmente logre ingresar al círculo de magia y de ese nunca se sale.

El tubillo era, de por sí, una obra de arte que bien hubiera podido diseñar Mamá B. Obturando los extremos hechos en cabuchón de lapislázuli, el tubo se abría verticalmente por la mitad. Las paredes interiores estaban grabadas a mano con la forma de un árbol de la vida. El papel que contenía era muy suave y venía enrollado con un anillo. El anillo con el sello de la familia era para Mamá B, quien debía llevarlo siempre en su dedo meñique de la mano diestra y con el que debía sellar todos los diseños de sus piezas a partir de la próxima luna llena. El papel que contenía el texto parecía hecho de hilos de seda, pues no tenía la memoria del rollo como la mayoría de los pergaminos de columnograma, sino que quedaba completamente plano al liberarlo del anillo. Su aroma floral era embriagante. El sello familiar de

Béébusch estaba finamente dibujado en la parte central y de él giraba el texto escrito en forma circular. La suavidad del papel era tal que amenazaba volarse con el viento suave del respiro de Mamá B, mientras lo leía girándolo cuidadosamente. El texto estaba escrito en latín, que es el lenguaje original de la magia. Abreviado en forma de telegrama, significaba una invitación eterna para Mamá B a hacer parte de algo mucho más grande que su pequeña familia: beatae est bracchium sacrosant (equinoccio de primavera: consagración de gemas y territorio. Asignación de cetro. Siempre bienvenida).

Papá K la escuchó muy atentamente, con admiración y preocupación. Su esposa, amiga y compañera de tantos años, le iba a dejar de pertenecer exclusivamente y ahora era necesario compartirla con el mundo. Él siempre había sabido quién era ella, su esposa. La esperó durante mucho tiempo mientras ella se equivocaba casándose con otro zángano. Estuvo al acecho hasta que la consiguió. Conocía sus poderes de clarividencia, su magia blanca, su inmensa capacidad de amortiguar energías negativas, su recursividad y la forma como llegaba directo al corazón de todas y cada una de las personas. Sabía cómo sanaba con sus palabras y consolaba las tristezas. Era solo cuestión de tiempo para que su poder se permeara más allá de las paredes de su hogar y fuera reclamada por el mundo. A veces dudaba de si la había escogido por amor verdadero, por la necesidad de poseerla y no querer compartirla con nadie más o porque, como lo intuían los dos, en lo más profundo de su corazón, su lazo era una cosa irrompible establecida muchas otras vidas atrás.

Con su nominación para el círculo de magia, Mamá B debía viajar a otro territorio a reunirse con los superiores y discípulos en cada solsticio de cambio de estación. El lugar de encuentro podría ser cualquier lugar del mundo, dependiendo del comportamiento de los astros y las necesidades energéticas del círculo. El solsticio de primavera llegaría en una docena de semanas, y para entonces, la familia debía planear cuidadosamente quién la reemplazaría en la dirección de La Mina y quién vendría de la cordillera a apoyar a Papá K con el cuidado del hogar. Él, definitivamente, no lo lograría solo y no sería justo recargar a Bëébusch con la tarea de remplazar a su madre. Si no fuera porque esta misión era de proporciones mundiales, Mamá B no se atrevería a dejar a sus niños solos sin darles un beso de buenas noches todos los días de sus pequeñas vidas.

Al calor de una bebida destilada de malta, con la que Papá K siempre amansaba su ansiedad, hicieron su nuevo plan de vida. Durante la próxima semana, Mamá B debía aceptar la invitación retornando el columnograma de oro, dándole nombre a su territorio y eligiendo el tipo de cetro que le otorgarían con sus nuevos poderes.

—¿Ya has pensado qué tipo de cetro quieres? —preguntó Papá K.

—Lo tengo absolutamente claro. No será una vara cualquiera. Es un objeto sin el cual no soy capaz de expresarme, con el que explico y hago lo más importante. ¿Adivinas?

—Lo tengo absolutamente claro —replicó Papá K—. Un lápiz o una pluma fuente.

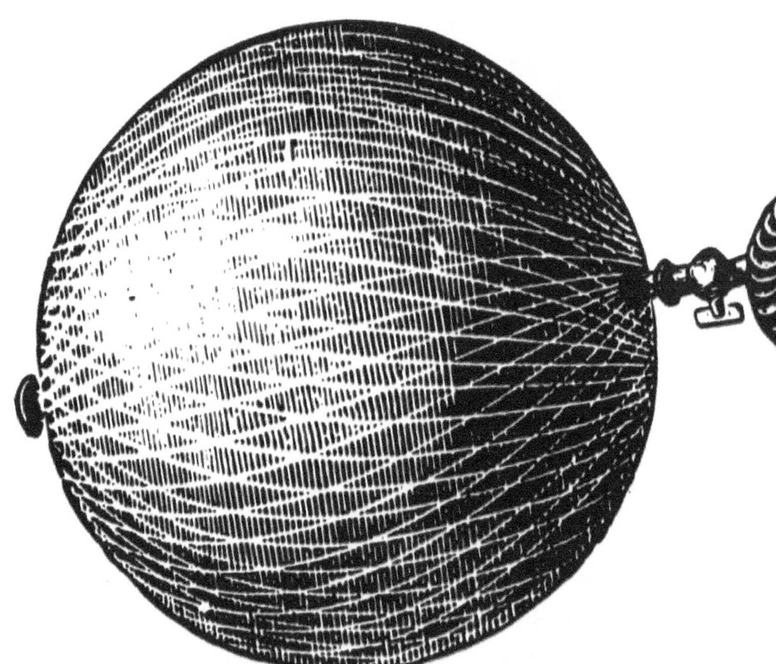

CAPÍTULO 27

Dime con quién andas y te diré quién eres

Los pequeños solicitaron permiso para tirar los trompos en el vestíbulo de La Mina mientras sus padres conversaban en la cámara del crear. Su piso marmolino estaba que ni mandado a hacer para que los trompos giraran y las medias nuevas que había mandado la tía María J de la cordillera, les permitían deslizarse como si estuvieran patinando sobre el hielo. Adoraban la posibilidad de jugar a sus anchas en el vestíbulo de La Mina. Era un placer poco frecuente.

Bëëbusch era mucho más diestra en el arte de tirar el trompo. Su hermano duende ya había tenido tres ataques de frustración y drama al tratar de poner el hilo alrededor del madero. Ver la facilidad con que su hermana lo irritaba aún más. Mientras trataba de copiar su técnica con las narices demasiado cerca al trompo, notó que la pequeña llevaba ya varios días repitiendo un ritmo pegajoso que decía así:

Para-papa, para-pan, pa-paaan

Para-pa, papa-pa, pa-pumm

Para-papa, para-pan, pa-paaan

Para-pa, papa-pa, pa-pumm

Con altanería, su hermano le pidió que se callara, culpándola por su falta de coordinación al tirar el trompo. Como bien dice Mamá B, no hay ser que se resista a culpar de sus errores a quien se tiene más cerca, y este duende en formación, no estaba siendo la excepción. Para su poca fortuna, sus padres justo salían de su reunión en la cámara del crear para ser testigos en primera fila de la verborrea tan inapropiada con la que estaba tratando a su hermana. Inmediatamente, le pidieron que se disculpará y por haber interrumpido el nacimiento de una nueva canción. Ya con tres composiciones originales de Bëëbusch, la gestación y nacimiento de una canción se respetaba y celebraba con solemnidad y silencio en la casa de pino. Surgían tan espontáneamente que su hermano creía que seres invisibles enviados por El Creador se las "soplaban" en secreto. No, no era una cosa en la que su hermana trabajara arduamente, no. La música fluía de ella como la lluvia de las nubes negras. Mamá B generalmente las presentía, dejaba a un lado lo que estuviera haciendo y se acercaba a hurtadillas para no interrumpirla. Sin excepción, se le veía luego salir de cualquiera que fuera su escondite para felicitar a su hija con lágrimas de emoción diciendo: "Esas son mis alas". El pequeño duende no entendía nada. Para él eso no eran alas, sino música. Así de simple.

Castigado, fue enviado al palomar a alistar los columnogramas para su devolución del día siguiente. Su hermana, quien consideró que la grosería no había sido tan grave, lo perdonó instantáneamente y se ofreció a acompañarlo. Ella sabía que el castigo mayor no era ponerlo a hacer algo, porque la verdad le fascinaba estar ocupado, sino tener que estar solo. Algo ofendido, el duende aceptó la compañía, levantando los hombros en señal de indiferencia, y juntos se fueron escaleras arriba. El ritmo aquel seguía saliendo de la boca de Bëëbusch, sin permiso y tarareando, siguió tras de su hermano:

Para-papa, para-pan, pa-paaan

Para-pa, papa-pa, pa-pumm

Para-papa, para-pan, pa-paaan

Para-pa, papa-pa, pa-pumm

El pequeño duende, que iba subiendo las escaleras delante de ella, volteó a mirarla contrariado, pensando "no lo puedo creer que insistas después del regaño que me gané por callarte". Bëëbusch, que casi podía leerle el pensamiento, le despeinó el mechón con cariño y le dijo:

—Ya vas a ver cómo se te prende la canción después de que te muestre de qué modo usar las manos y los pies para seguir este ritmo que me he inventado.

En el centro del tablado del palomar, Béébusch le mostró cómo golpear sus piernas, aplaudir, tronar los dedos y zapatear, siguiendo el contagioso ritmo. El pequeño duende estaba encantado, repitiéndolo tantas veces como fuera necesario hasta poderlo hacer al tiempo con su hermana. Era muy difícil, pero divertido. Si lo podía cantar, no lo podía acompañar con los movimientos de su cuerpo, y viceversa. A carcajadas, siguieron tratando mientras sin intención se golpeaban las narices descoordinadamente.

Para-papa, para-pan, pa-paaan

Para-pa, papa-pa, pa-pumm

Para-papa, para-pan, pa-paaan

Para-pa, papa-pa, pa-pumm

—¿Qué letra le vas a poner? —preguntó el pequeño, meneando la cintura.

—No lo sé; solo tengo una frase pegada que no entiendo bien qué quiere decir. Algo así como un trabalenguas que escuché por ahí.

—¡Dímelo, anda dímelo! —dijo el pequeño—. Esta es mi canción favorita de todas las canciones que te has inventado. Quizás comprendiendo la letra me sea más fácil coordinar el canto y los movimientos.

—Bueno, pues aquí va:

Proteger a tu papá de mí

Y protegerme a mí de ti

Proteger a tu papá de mí

Y protegerme a mí de ti.

—¿Quién te dijo esa frase, hermana?

—La oí por ahí, ya te lo dije. No lo recuerdo —dijo Bëëbusch, evadiendo la mirada y mintiendo automáticamente cuando se dio cuenta de la imprudencia que había cometido. En medio de la música, el gozo y el baile, había olvidado completamente sus límites.

—Seguro te la dijo Mamá B. Yo no soy tonto ¿tú qué crees?

—¿Por qué lo dices, si yo ni la entiendo?

—Pero yo sí. Tiene sentido. Además, el ritmo y la rima están estupendos.

—¿Cuál sentido vas a tener y tú qué puedes saber de la vida?

—Bueno, verás —contestó tal cual hacía su madre—. No es un secreto que tú y Mamá B pueden ser unas ¡ABEJAS ASESINAS! Que si papá y yo nos descuidamos, ¡nos acaban!. Fingiendo una puñalada en el corazón, se lanzó histriónicamente al piso, pretendiendo la muerte.

—Pero ¿qué estás diciendo, niño insolente! —dijo Bëëbusch furiosa con su aguijón encendido, rojo e hirviente—. Levántate del piso y para ya de decir esas cosas tan feas.

—Pero, mírate Bëëbusch, mira tu aguijón en este momento, el que está a punto de atacarme si pierdes el control. ¡Es idéntico al de Mamá B! ¿No la has visto de espaldas cuando esta desnuda? (Esto solo pasaba por accidente, pues Mamá B no dejaba ver su aguijón y raras veces se le encendía). Tú y ella tienen aguijones de abeja reina. Liso, resplandeciente y sin púas. No sé por qué razón. No sé si es una mutación genética por

el cambio de ubicación geográfica o por el uso de dos idiomas, pero ustedes dos no son abejas obreras. Yo más bien creería que son abejas reinas (estas dos últimas palabras vocalizadas muy lentamente en señal de afirmación).

"Proteger a tu papá de mí, y protegerme a mí de ti", pensó Béébusch, comprendiendo la intensidad de la frase y la revelación de la más importante de las epifanías. Mamá B podría acabar con la vida de su padre si se lo proponía. Muy seguramente una amenaza de muerte fue la que lo obligó a él a arrancarle las alas. Béébusch igual podría acabar con la vida de su madre, una abeja reina mucho mayor que ella, si se lo propusiera. En ocasiones se le dificultaba controlar su rabia y prefería sucumbir a su poderoso encanto. Era dulce como la miel, dejarse llevar por la ira. La historia que había vivido su madre en la cordillera podría reescribirse en el bosque con la convivencia de dos reinas en el mismo territorio. Era su naturaleza y su destino remplazar a su madre, a no ser que el amor fuera más grande o la distancia entre las dos fuera tan inmensa como el océano.

—No sabremos hasta que cumplas trece ciclos de lunas y hagas tu ciclo de metamorfosis (según dicen mis libros). Tus alas son muy difusas todavía. La silueta es, sin duda, de alas de mariposa. Pero ¿qué tipo? No se sabe. Nadie sabe. Yo me la he pasado comparando con las alas de todos los insectos que he dibujado, pero no he encontrado nada que se le parezca. Tú eres una nueva tú como ninguna otra en el mundo.

Para entonces la pequeña estaba acurrucada llorando bajo el abrazo de su pequeño hermano. Él mismo no entendía la desproporción de la reacción de su hermana, puesto que a su corta edad ya podía considerarse un entomólogo consumado; el hecho de ser hijo y hermano de abejas reinas, le parecía sensacional. Lo había intuido hacía ya mucho tiempo. Pero él poco sabía del corazón de las hadas y de la dimensión de sus sentimientos, así que dejó a su hermana llorar hasta que se cansara.

—Mírame a mí, que no tengo nada de mágico, sino dos orejas y un mechón de pelo. No estoy llorando por ser un duende común y corriente ¿o sí? Yo soy un vulgar plebeyo comemocos, pecuecudo y pedorriento. Sin aguijón, sin cola de león, sin alas.

El pequeño sabía que las malas palabras harían sonreír inevitablemente a su hermana, y así lo hicieron. Mirándolo de frente, se secó parcialmente las lágrimas (eran demasiadas), mientras su hermano seguía hablando histriónicamente sobre las características de su personalidad...

—Mírame otra vez. Me aporreo todos los días (mostró el morado nuevo de la pierna), sangro una vez a la semana (mostró la cortada del dedo pulgar derecho) y me como todos los chocolates de la casa (mostró el bolsillo del pantalón manchado de chocolate derretido). Dibujo porque me gusta pintar y adoro los insectos. Amo la velocidad y los juegos pelota. Por las noches sueño con que soy un tiburón blanco y que la casa de pino está en el fondo del mar. No soy nada más que eso.

Béébusch sonreía cariñosamente entre unos ojos demasiado hinchados. Su aguijón se había apagado y la humilde sinceridad de su hermano era como una brisa refrescante. A su corta edad, él reconocía lo que era, sincera y simplemente. Sin lamentos, sin pretensiones. Se gozaba la vida como le viniera, y necesitaba abrazos y afecto más que aire en sus pulmones. Bëébusch se incorporó para abrazarlo, de frente, arrodillada frente a él como no lo hacía desde mucho tiempo. Y entonces sintió una energía poderosa que nunca había sentido antes, al juntar su frente con la de su hermano. Ella, que tanto se quejaba de las travesuras y del desorden de ese pequeñín, sabía que no podía vivir sin él. Que como mil veces se lo habían dicho sus padres, ese hermano era un regalo para ella la primogénita y que en muchas ocasiones sería su "salvador".

CAPÍTULO 28

Como anillo al dedo

Mamá B subió al palomar y encontró a sus dos hijos abrazados bajo el rayo de la luna, y esa imagen se le quedó grabada en lo profundo de su alma. La luz de la noche los acariciaba tenuemente y se podía sentir a la distancia el cariño infinito que estaban sintiendo el uno por el otro en esos momentos. Esperó un rato hasta ver disolverse el abrazo.

—Les tengo un secreto, ¡un secreto inmenso! —anuncio Mamá B con total emoción mostrando el nuevo anillo que llevaba en su mano. Los niños corrieron a mirarlo.

Al principio no les pareció nada especial, pues era más pequeño que el medallón precioso que toda la familia llevaba en el cuello. Béébusch se acercó emocionada a analizarlo, ajustándose los espejuelos ante la expectativa de un regalo inesperado entre sus padres. Le parecía muy romántico que así fuera. Ella sabía que el anillo de compromiso que había recibido su madre en su propuesta matrimonial no era un diamante verdadero. Papá K había sellado la invitación a hacer un hogar en otra tierra, dándole a Mamá B tres quilates de botella de vidrio, creyendo que la mentira le iba a durar toda la vida. Mamá B lo había destruido con un martillo cuando confirmó el engaño, pues cuando las piedras naturales o sus imitaciones se cargan de energía negativa, no existe ninguna otra forma de erradicarla.

Béébusch aún recuerda el día en que la vio salir de casa con anillo y martillo en mano para destruirlo. Justo ahí sobre tierra. De un golpe duro y seco, el cristal de zircón cúbico, se desintegró en mil pedazos que esparció Mamá B a patadas por entre las hojas secas del bosque, y con lo cual descargó una frustración infinita, como si fuera una enfermedad que pudiera contagiársele de nuevo. Al regresar a la casa de pino, hizo como si no hubiera pasado nada; pero su hija lo había visto todo por la ventana. Ese día pensó que tan solo se trataba de otro truco de magia, y notó desde entonces, la ausencia del anillo. Muchos ciclos de lunas después, y a  medida que su madre compartía con ella parte de su sabiduría, la simbología y el significado de su trabajo, lo comprendió todo.

Era un hecho que para algunos duendes, era más una obligación que un placer, regalarles joyas a las hadas como muestra de su afecto. Les era mucho más fácil encargar amuletos poderosos para ellos mismos. Los anillos de compromiso con los cuales se pedían en matrimonio las hadas, eran una carga financiera significativa y quizás un esfuerzo innecesario. Con todo lo que se necesita para formar un nuevo hogar, pagar mil o más granos de oro por un objeto tan pequeño e inservible, parecía una locura; pero para las hadas lo era todo: la materialización de un sentimiento y una promesa. Ese diamante cristalino de millones de años de edad, resplandeciendo en sus manos, era una muestra inequívoca de amor y eternidad que el planeta entero reconocía. Las argollas que se intercambiaban luego en la ceremonia matrimonial, acompañando al anillo, eran un símbolo mudo de pertenencia al ser querido.

Papá K era un duende práctico. Su cola de león no le permitiría jamás rendirse a ninguna otra soberana y seguramente eso estaba pensando cuando se le ocurrió regalarle a Mamá B una piedra sin poderes. Que pareciera, pero que no fuera un diamante, haciendo caso omiso de la durabilidad y belleza que solo este último tiene. El pobre creyó que nunca nadie lo iba a analizar con el rigor insaciable con que lo hizo Mamá B en la escuela de gemología para confirmar sus sospechas. Para su fortuna, ella sí que tenía un corazón de oro puro con el que cubrió su secreto como un tesoro.

Mamá B ahora usaba el anillo de matrimonio de sus padres, con el que contrajeron nupcias más de cincuenta ciclos de lunas atrás. Había deseado tenerlo desde que era una niña y lo luce con un orgullo infinito. Lleno de buenos recuerdos y amor a su familia, había sustituido el que le dio Papá K en el dedo anular de su mano izquierda. Bajo ese dedo va una vena ligada directamente al corazón del ser amado y es la razón por la cual la mayoría de las enamoradas lo llevan en esa mano, aun cuando en la cordillera se use en la mano opuesta.

El nuevo anillo estaba en su dedo meñique, en la mano que imparte la magia. Un dedo sobre el que rara vez se usaban anillos, pues en el pasado era una señal inequívoca de que alguien no estaba dispuesto a casarse. Algunos cuervos, duendes y búhos hechiceros aún lo usan en el bosque como símbolo de su profesión y afiliación mágica, especialmente los del consejo superior y los gobernantes. En la parte superior del anillo estaba grabado en reversa el código de armas del propietario con el que se sellaba en cera de lacre toda la correspondencia y las decisiones importantes. La cera era generalmente roja y tenía un olor fascinante. Debía quebrarse a la mitad para revelar el contenido del documento solo por la persona a la que iba dirigido. Otro símbolo simple y decorativo de pertenencia. Mamá B ya había hecho varios, y era un placer ayudarla a probar la eficacia del sello y derretir la cera de lacre.

"¿Será posible que ese sea un anillo de sello para Mamá B?", pensó la pequeña estremeciéndose mientras lo miraba. ¿Será que finalmente se había reconocido el poder de la magia de su madre como tanto se lo merecía? Subir en el escalafón del consejo de magia a una categoría directiva era algo sublime. ¡Un sueño hecho realidad!

—¡Noooooo! —exclamó Bëëbusch con incredulidad indagando entre los ojos de su madre.

—¡Síííííí! —exclamó su madre con una sonrisa de oreja a oreja.

La pequeña hada abeja tomó la mano de su madre y oprimió el anillo con fuerza sobre la parte superior de su muslo. Contó hasta cinco y esperó otros cinco segundos para ver el sello familiar aparecer lentamente como una roncha sobre su pierna. Empezó a saltar de emoción junto a su madre sin que el pequeño duende entendiera qué estaba pasando. Saltaban las dos como si fueran niñas. No era la primera vez que las hadas hablaban un lenguaje secreto que él no comprendía. ¡Como si se comunicaran con telepatía!

—¿Qué pasa?, ¿qué pasa? —preguntó el pequeño entre gritos—. ¡No entiendo nada!

—¡Pasan muchas cosas maravillosas esta noche,

hermano! ¡Tantas que se me va a salir el corazón del pecho! Me encanta cómo el destino arma el rompecabezas de la vida.

El pequeño —para quien toda expresión era literal— se espantó de pensar en el corazón de su hermana saliendo del pecho y cómo armarle la cabeza rota, hasta que le aclararon que solo significaba gran emoción. Tal como la emoción que da cuando se resuelve un acertijo muy complejo. Que uno sabe que ya casi lo va a lograr y lo logra.

—Yo no siento el corazón saliéndose de mi pecho —dijo con envidia—. Tampoco veo las fichas de un rompecabezas para poder armarlo.

Mamá B se reía sabiendo que le faltaba alcanzar cierta madurez a su duende para que entendiera las circunstancias, y para compensarlo se le ocurrió compartir otro rincón mágico de la casa de pino. Quizás eso le hiciera saltar su corazón en el pecho. La información que debía compartir con ellos era importante y bien valía la pena.

—Síganme —dijo Mamá B con picardía mientras se escabullía por entre la parte de atrás de los nidos, en un espacio que los niños no habían descubierto hasta ahora. Allí había una pequeña puerta muy justa que daba a un barandal el cual rodeaba la totalidad del palomar. El balcón era estrecho y solo había espacio para que caminara una persona. Al darle la vuelta y del lado opuesto a la puerta, una rama zigzagueante del árbol del pino se conectaba al palomar como si fuera un puente. La rama también tenía un pasamanos, pero hecho de cuerdas y ramas más pequeñas. La hiedra, tan característica del bosque, ya se entrelazaba por entre las ramas y le daba un aspecto maravilloso. Era como caminar entre las nubes. Un mundo muy cercano al mundo que tanto conocían, pero distinto.

Al perder de vista el palomar, entre las ramas apareció el claro del bosque. Un espacio circular creado por los pinos para recibir la luz de la luna llena que iluminaba esa noche tan especial. Desde allí también podía verse la estrella del abuelo Chema, siempre presente en cada mirada al cielo. Ese era el espacio consagrado a Mamá B y donde muy seguramente se conectaba con el universo y su magia. El piso estaba recubierto de un musgo verde esmeralda tan suave como el algodón y Mamá B les pidió a los pequeños que se quitaran sus zapatos y disfrutaran la suavidad del suelo. La textura era única. No había en ese lugar nada hecho de las manos de un ser de magia, y su silencio, humildad y belleza eran conmovedores. Mamá B cargó al pequeño duende y lo tendió sobre el musgo, dándole un beso sobre la frente. Le pidió a Bëëbusch que hiciera lo mismo, y tras besarla a ella también, sumergió la nariz entre su pelo para embriagarse de ese olor a flor de su hija. Igual lo hizo ella hasta que sus tres cabezas se tocaron, formando un círculo. Doblando las rodillas plantaron sus pies sobre el musgo.

Entrelazaron sus manos y cerraron los ojos. Allí, por segunda vez en una misma noche, Bëëbusch se reencontraba con ella misma y su todo de una forma imposible de explicar. Con eso que no se nombra, pero existe. Con todas las preguntas y respuestas. Con el silencio del amor verdadero en su más profunda expresión. Con lo bueno, lo malo y lo sagrado. Con lo eterno. Con la tierra y con el cielo. Estaba ahí presente sin querer nada más.

El pequeño duende lo sintió también. Lo que quería saber en detalle hace unos pocos minutos, ya lo había comprendido sin necesidad de explicaciones. Era como si se hubiera conectado a la fuente de su vida pasada y futura, y la sensación era familiar y placentera. Pero de repente sintió frío. Mucho frío. Bëëbusch y su madre, aún tendida en el piso, se enrollaron sobre él para calentarlo en una coreografía que parecía ensayada de antemano. Si el abuelo Chema estuviera mirando, vería una trenza desde el cielo hecha de brazos y piernas.

—¿Cómo se llama este lugar, Mamá B? —preguntó el pequeño mientras se dejaba abrazar por sus dos hadas.

—Le puse Pitulandia. ¿Recuerdas cómo me llama la gente cuando voy a la cordillera?

—Sí, te dicen Pitu.

—Así es. Pues este es mi rincón mágico. Donde soy la mejor Pitu posible. Donde vuelvo a ser una niña. De ahora en adelante y con mi afiliación al círculo de magia todo el espacio de nuestra casa de pino hasta el lago será denominado Pitulandia. Se llama la consagración de territorio.

—¿No has invitado a Papá K a venir aquí contigo?

—No. Él no tiene ojos compuestos ni visión ultravioleta como nosotros los descendientes de abejas, y jamás lograría ver el camino. ¿Sabían que incluso en nuestros ojos los pequeños lentes tienen forma de hexágono?

—¡Oh! ¡Woooow! —exclamo el pequeñín, en un tono extendido, aprendido de la abuela Connie Joe. Era la primera vez que reconocía que una parte de su cuerpo era de abeja. De razón podía dibujar tan bien como su madre.

—¿Aquí es donde te escondes cuando a veces no te encontramos en casa? —preguntó Bëëbusch—.

Yo pensé que en La Mina, pues siempre apareces de repente, aunque te hayamos buscado mil veces.

—¡Ahhhhhh! —exclamó Mamá B—. Es que aún no les he mostrado la mejor parte. La que va a hacer que el corazón de este duende friolento se le salga del pecho.

Los niños se sentaron de inmediato. Mamá se reincorporó con ellos, les pidió que recogieran sus zapatos, y escabulléndose nuevamente entre las ramas, llegaron a la cabeza de un tobogán.

—Este tobogán me pone siempre de regreso a La Mina sin necesidad de tener que bajar todas las escaleras —dijo Mamá B con la picardía con que un niño revela un secreto—. Papá K cree que está perdiendo la memoria cada vez que no entiende por dónde aparezco —y diciendo eso se atacó de la risa. Era un placer confundirlo.

El pequeño duende se pidió rodar de primeras. Su madre lo montó en una hoja de oreja de elefante y lo preparó para el descenso. Antes de soltarlo, le mordió suavemente la punta de sus orejas gigantescas y lo empujó al vacío. No dudaba de la dicha que iba a sentir y de los millones de veces que iba a suplicar poder volver a hacerlo.

Bëëbusch se abrazó a su madre antes de subirse

en la hoja. Muy fuertemente. Esa noche la entendía y la adoraba más que nunca.

—Mamá B —dijo con dulzura—, hoy comprendí que el amor romántico, ese de los cuentos de princesas del bosque, no existe.

—Sí existe —contestó Mamá B y añadió—; pero dura poco. Hay amores mucho mejores, como este, que estamos sintiendo.

Y LA HISTORIA CONTINÚA...